克羅埃西亞槍聲

李昌鈺探案小說系列

蔣霞萍 著

李昌鈺 總顧問暨策畫

目錄

時間：一九九八年十月
地點：巴爾幹半島

人·物·表

Dr.Lee 李昌鈺：華裔科學家、現代福爾摩斯（三劍客之一）

麥克·巴登（**Dr. Michael Baden**）：法裔科學家、人類組織解剖法醫（三劍客之一）

賽瑞爾·韋契特（**Cyril Harrison Wecht**）：德裔科學家、病理法醫、猶太民族（三劍客之一）

芭芭拉·沃爾夫（**Dr. Barbara Wolf**）：女，英裔科學家、病理學家、奧爾巴尼郡首席驗屍官

邁克爾（Dr. Michael）：毒物檢測專家

阿格隆（Dr. A BLone）：克羅埃西亞遺傳學博士、DNA專業、人類組織和骨骼專家

提姆（**Tim Blmbach**）：康州警察局刑警小隊長

崔西（**Tracy**）：美國ＡＢＣ廣播公司女記者

安東尼．洛維克（**Dr. Anthony Long Week**）：克羅埃西亞醫學中心法醫病理學教授、阿格隆的老師、總統特別助理

芭芭拉．布希（**Barbara Bush**）：美國老布希總統夫人

伊萬妮卡．烏阿提庫：克羅埃西亞記者、阿格隆的未婚妻

烏阿提庫校長夫婦：伊萬妮卡的父母

羅傑斯：美聯社記者

戰犯，巴爾幹屠夫：

斯洛波丹．米洛塞維奇（Slobodan Milošević）

拉特科．姆拉迪奇（Ratko Mladić）

拉多萬．卡拉季奇（Radovan Karadžić）

序幕

安靜陰沉的夜晚，大地沉睡著，一彎殘月無力地掛在冷清的天空。

同樣冷清的是村莊寂靜無聲的街道，幾片樹葉被風吹著劃著硬硬的地面，發出輕微的沙沙聲和偶爾一兩聲狗的吠叫聲，給四周增加一些生氣。這是一個城市邊緣的村莊，一棟棟農舍尖尖的屋頂和遠處古老歐式的別墅樓房在月光下呈現著朦朧的剪影，又像是一幅幅時隱時現的幻影，給人一種極不真實的感覺。更加遙遠的地方是和天空連在一起的起伏的山巒。電早就沒有了，偶爾從農舍的窗戶縫裡透出一絲絲微弱的蠟燭光，很快又熄滅了。

一堆厚厚的烏雲遮住了殘月，遠處的城市、山巒，近處的村莊瞬間被黑暗吞沒了。

突然一陣機動車的轟鳴打破了沉寂，機動車頭上強烈的燈光刺破了村莊的黑幕，整個村莊立刻裸露在燈光下。一隊隊塞爾維亞族士兵荷槍衝向各家各戶，「砰砰砰砰」的砸門聲此起彼伏。很快，一千幾百戶人家的男女老幼統統被趕出了家門。男性，無論是成年人還是孩子被刺刀逼著上了一輛輛卡車，立刻消失在黑暗中，婦女兒童被向村莊外驅趕著。從一座農舍裡傳出了一聲女性的尖叫聲，一個赤身裸體的女人披頭散髮地衝出了家門，後面緊跟著一個塞爾維亞族軍官。他一手提著褲子，一手從腰間拔出手槍指向奔跑的婦女。一條狗從黑暗中衝了出來，飛騰起身體一口咬住了軍官握槍的手。惱羞成怒的軍官號叫著衝著手下一揮手，頓時，刺刀砍刀揮向了婦女、兒童……

村莊又恢復了寂靜，是一種死一樣的沉寂。樹葉被地上的血黏住不動了，偶爾從村莊外傳來一兩聲狗叫，聲音裡充滿了淒慘。

只有風依然從村莊裡一陣陣吹過，帶著一股濃濃的血腥味。

任何關注二十世紀九〇年代波士尼亞和克羅埃西亞局勢的人，一定都不會對發生在同一時期的科索沃暴行感到陌生。

一九九九年，美國國務院發布了一份題為《科索沃種族清洗統計》報告。這份報告由難民口述、聯合國非政府組織的文件、新聞報導以及政府和國際組織解密情報編輯而成。該報告指出，在科索沃，除了大屠殺外，還有其他違反人權和人道主義的暴行。當時有超過一百五十萬的科索沃阿爾巴尼亞人——其中百分之九十都住在科索沃，被武力強行趕出他們的家園。此外，一千二百多座城市、鄉鎮、村莊中的成千上萬處住宅被拆毀或損壞。在那期間，塞爾維亞的武裝部隊和准武裝力量執行了一場高度有計劃的「種族清洗」運動。

克羅埃西亞共和國向聯合國安理會報告說，有超過數萬民眾在科索沃慘遭殺害，分別被埋葬在了多個不同的地方。但還將有更多的受害者納入這場人類大屠殺的範圍。

大部分的百姓都是在自己居住的城鎮或鄉村中被殺。多少年來，他們在那裡安居樂業，與身邊的斯拉夫人和諧共處，一起上學，一起玩樂，有的甚至還相互通婚。昔日的靜謐和歡愉在一夜之間被血海深仇取代。因此自五十年前的紐倫堡審判以來，將戰爭犯繩之以法的呼聲之高，是前所未有的。

也有官員稱，與其行動，不如選擇遺忘——因為進一步的調查只會讓局勢變得更加緊張。但是，另外一種觀點則認為，徹查巴爾幹半島暴行的真相是非常必要的，一方面是為了尋求公平正義，另一方面則是為了創造恆久的和平。聯合國持後一種觀點，他們認為，如果不能為受害者主持正義，那麼復仇的欲望在日後必定會演變成為另外一場戰爭。對科索沃慘遭殺害的人員死因展開調查，是對歷史負責，是對冤屈的死者應盡的義務。因此「萬人塚」的挖掘工作具有非常重要的意義。

1

DETECTIVE

到巴爾幹半島去

從眼睛看到警車前牌照上的「1」字號碼、到耳朵聽到刺耳的剎車聲、再到副駕駛的車門打開，這一氣呵成的動作不會超過三十秒。幾乎是下意識，康州警察局刑警小隊長提姆（Tim Blmbach）知道，康州警政廳長，人稱「現場之王」「現代福爾摩斯」的 Dr. Lee 來了。同時他還知道，開車的司機一定是邁克斯（Max）。

「這個幸運的傢伙！」這是提姆對邁克斯的稱呼。

不僅僅是提姆，幾乎所有的人都這樣叫他。因為並不是每一個警察都有機會這樣零距離和「神探」在一起的。當然，提姆也有些嫉妒能把車開得如此神速的邁克斯。他希望有朝一日自己也能夠近距離在 Dr. Lee 身邊，哪怕只是坐在邁克斯現在的位置，握著方向盤也行。他一定也能為 Dr. Lee 把車開成這樣。為了這一天，他還真認真練習過，包括非常有難度的開車技術。但是後來他打聽出來，邁克斯那傢伙年輕身體棒棒的，據說現在還學著 Dr. Lee 開始吃米飯，喝起中國茶了。看來想接邁克斯的班是遙遙無期了。

如果是州警政廳其他長官到現場，也許會有探員或警察以最快的速度衝到車門前拉開車門，但來的是Dr. Lee，所有的警察都知道沒有這個機會，也沒有這個可能。因為剎車聲還沒有完全消失、車還尚未完全停穩，車門便已經打開，有一隻腳已經伸出車門踩到地上。隨即，身穿淺卡其色「倫敦霧」風衣，架著墨鏡的Dr. Lee人跨出了警車。提姆還知道，跨出了警車的Dr. Lee，並不會馬上關車門離開，而是會左手扶著車門，轉過頭向後看去。

彷彿是被他的目光召喚，四輛警車隨之呼嘯而至，齊齊地一字排開停在「1」號車的後面。四輛警車的駕駛室門同時打開，從每一輛車裡跨出一個人來。

Dr. Lee彷彿只是為了看他們一眼，因為他並不等他們跟上，就回轉身隨手關上車門，大步向案發現場走來。

轉身、邁步，Dr. Lee隨身帶起了一陣風，「倫敦霧」長款風衣被風揚起了右襟，露出了腰間的配槍。

當然，通常提姆根本來不及想這麼多，他只是會把一百九十幾公分的身體向上挺了又挺，把眼鏡扶正。他希望Dr. Lee能在一排警察中第一時間看到他。因為一旦到了現場，Dr. Lee便立刻會在被害人旁邊來一個「中國蹲」。以他的經驗，那個角度Dr. Lee的眼睛裡只能看到被害人。除非他「有幸」在重建現場中扮演死者，躺在Dr. Lee眼前，否則他很難被注意。

提姆出生在一個富有的家庭，也是個非常聰明的孩子。像所有的美國男孩一樣，他從小就有一個英雄夢。他特別崇拜巴頓將軍，就連巴頓那條醜不拉嘰的狗他都喜歡。高中畢業他報考了西點軍校，成績是沒有問題的，「國會議員推薦」對他的家庭來說也不是什麼難事，如果按照這樣的人生設計走下去，提姆就算成不了巴頓，至少也會是一個陸軍高級軍官。

問題出在提姆在西點軍校的最後一年。

那年，學校為即將走出校門的畢業生組織了一場演講，邀請的是有「現代福爾摩斯」之稱的康州警政廳實驗室主任 Dr. Lee。殘忍血腥的殺人現場，神祕莫測的案發原因，魔高一尺、道高一丈的破案思維，讓提姆的英雄夢立刻落地生根了。他覺得這個中等個子，走路飛快，右腮上長著一顆痣的中國人，才是自己心目中真正的英雄。

提姆覺得自己應該去當神探，而不是陸軍軍官。畢業後，他只能先按照原計劃，掛著少尉軍銜到了軍隊，但他心裡時時刻刻想著的是那個中國神探。終於有一天，提姆找到了離開軍隊的辦法，到 Dr. Lee 所在州的警察局做了一名探員，又經過幾年的努力，升任了刑警小隊長。

那時候，Dr. Lee 已經被任命為州警政廳廳長了。

康州有大大小小一百三十個城市，州警政廳只有一個警政廳長。只有發生了州內大案或跨國案件，廳長才會出現。而且，隨廳長而來的還有康州警政廳的重案小組。

據說，在康州警政廳當了二十三年實驗室主任的 Dr. Lee，是被省長軟磨硬泡才答應出任警政廳長的。而且 Dr. Lee 當廳長還有幾個條件：繼續兼實驗室主任；繼續可以處理世界各地的重要案件；繼續在紐哈芬大學授課。前兩個條件，省長都痛快地答應了，只是最後那個條件，省長在「紐哈芬大學授課」前，加了「偶爾」兩個字。

就是這個「偶爾」，讓提姆知道自己的機會來了。儘管心急，但提姆還是很清醒，他知道，僅憑自己現在的身分，實現不了到 Dr. Lee 身邊工作的夢想。於是，他重新規劃了自己的學習計畫，第一件事就是到紐哈芬大學念學位，這樣，他只要在下學期考上碩士，就有機會聽 Dr. Lee 的課，當他的學生。到那時，就該邁克斯羨慕他了。

其實，提姆之所以這麼規劃，也是因為他對 Dr. Lee 的瞭解。身為大學教授，Dr. Lee

非常明白，警察隊伍的素質和辦案能力跟受教育程度成正比。所以，還在當實驗室主任的時候，Dr. Lee 就用自己的辦案所得設立了獎學金，鼓勵實驗室的警察繼續學習。後來出任了警政廳長，他把獎學金的範圍擴大了。所有警察，只要利用業餘時間上學拿學位，都可以獲得獎學金，甚至報銷學費。

而 Dr. Lee 自己，無論是做實驗室主任還是當廳長，都堅持用休息時間回學校授課。遇有重大案件親自到現場，到實驗室檢查物證。

但奇怪的是，今天 Dr. Lee 沒有像往常那樣等重案小組出現，而是下了車直接關上車門，就向現場走來，身上也沒有穿那件「倫敦霧」風衣。而且，1號車也沒熄火，Dr. Lee 一下車，邁克斯就立刻調轉車頭，把車開走了。

彷彿是滿懷希望地去看一場期待已久的電影，卻發現最精彩的橋段被剪輯了一樣，提姆有些失望，又有一些摸不著頭腦。他看了看身邊的同伴，發現他們似乎也有同樣的疑問。但是，他們沒有多想的時間，Dr. Lee 和後面趕到的重案組探員就已經到了現場。Dr.

Lee耐心聽了發現屍體的警察的報告，問了一些細節問題。但是，他沒有像往常那樣進一步分析案情，而是只安排了一下重案組人員的具體工作，就站起身向海邊走去。

一切都是那麼非同尋常。

提姆終於忍不住了，悄悄地問旁邊的搭檔：「Dr. Lee今天怎麼了？一定有什麼重大的事情要發生。」

還沒等同伴回答，他就看見Dr. Lee從海邊回過頭來，向現場方向招了招手。因為看不出他到底在叫誰，所有人都你看看我，我看看你，拿不準該不該過去。

Dr. Lee似乎覺察出來了大家的為難，微笑著伸出手向提姆示意了一下。

提姆的心幾乎停止了跳動，不敢相信地用手指著自己的鼻子：「Dr. Lee，你真的是叫我嗎？」

Dr. Lee微笑地點了點頭。

提姆立刻飛一般跑到Dr. Lee的身邊剎住腳，眼睛看著Dr. Lee，立正、挺胸、收腹、雙腳併攏、敬禮！這些動作自從提姆踏進西點軍校以後一直都在做，但今天他覺得做得特別有意義。

Dr. Lee回了禮，然後敬禮的手順勢指向了海面，邊示意提姆放鬆邊說：「你能看多遠？聽到什麼聲音了嗎？」

遠處，一艘白色的郵輪正以令人感覺不到的速度，緩緩在海面上移動。

提姆突然想起，他們剛剛到現場時，那艘郵輪的位置還沒有那麼遠，看上去也比現在要大得多，而現在它差不多要從視線裡消失了。

「哦，我的視力不太好，但是聽力很好！」提姆還是有些緊張，他以為 Dr. Lee 要考他能不能看到郵輪上的什麼東西。

「這和視力沒關係，」Dr. Lee 對著提姆溫和地笑了笑，眼前的年輕人思維不拐彎，顯然是最簡單直接的理解著自己的意思。「視力再好我們在這裡也看不到巴爾幹半島，聽力再好我們也不能聽到波士尼亞和克羅埃西亞的槍聲。」

Dr. Lee 顯然在自己的思緒中，他並沒有等提姆回答，而是眼睛看著遠方，聲音沉重地繼續說：「你知道不知道克羅埃西亞正在或者曾經發生了什麼？」

「這個……我知道一些，但不知道您要問哪一方面的問題？」

「沒有關係，我也不全部知道，或者知道得不十分清楚。所以正準備去瞭解。」Dr. Lee 最後一句話說得有些猶豫。說之前，他甚至專注地看了提姆一會兒，似乎思考著說還是不說，最終他還是說了出來。

「廳長要去巴爾幹半島？那裡戰爭剛剛結束，聽說環境還非常糟糕，我是說非常不安全。」聽到這個消息提姆顯然太意外了，他擔心 Dr. Lee 的人身安全。

Dr. Lee 迴避了提姆的問題，話鋒一轉：「我知道，這幾年你把業餘時間都交給了紐哈芬大學法學院的課堂，你在重新規劃自己的人生。你非常用心。」

「你知道我？」Dr. Lee 居然知道自己，提姆的驚喜溢於言表。

「西點軍校畢業，家裡條件又那麼好，你其實可以不必這麼吃苦的。但是我理解你。」Dr. Lee 點點頭，看著提姆的眼睛說：「年輕人，我很喜歡你的努力，也很羨慕你。你們今天幹警察是為了理想，你知道當年我為什麼要去考警官學校，要去當警察的嗎？」

「為民除害，為大眾服務。」

「那是你們現在的理想和責任。」Dr. Lee 說，「我很小父親就去世了，家境實在很困難，已經長大成人的哥哥姊姊們出力幫助母親，才培養我們幾個弟弟妹妹上了學。我在台灣念完了初中、高中，成績很好。大專聯考我考上了海洋學院，想著畢業了是要當船長的。我的四哥是海洋學院畢業，已經當了船長，每個月都把足額薪金交給母親當全家人的生活費，還經常帶一些很稀罕的洋貨回家。我母親希望我也學四哥。但是海洋學院的學費很貴啊，而警官學校是不需要學費的。我不願意再成為家裡的負擔，所以，在海洋學院免費試讀了一個星期以後，又去考了警官學校。如果當年我讀了海洋學院，也許會是那艘郵輪上的船長。」Dr. Lee 說著，手又指向了海面。

但是海面上，那艘郵輪已經沒有了任何蹤影。

關於 Dr. Lee 的經歷，提姆瞭解了不少，但親耳聽 Dr. Lee 講，他想都沒想過，尤其是單獨跟他一個人講。但看 Dr. Lee 的神情，又覺得他有些說不出的擔憂，所以提姆說：「我學得很慢，在西點軍校和軍中還待了一陣子，浪費了一些時間。如果我從一開始就念法學院，我想我現在一定已經是一個非常好的警察了。」

「不怕慢，只要努力總會成功。就像那郵輪，你看我們現在還能看得見它嗎？」

他們沿著海邊向前走，提姆側著身子走在 Dr. Lee 身邊。

「西點軍校的學習、軍隊的歷練都是非常難得的經歷，這些經歷就是你的財富。你現在的年紀，比我當年到美國還年輕。當年我從臺灣警官學校畢業，是臺灣最年輕的警官。結婚以後，我和太太去了她的祖國馬來西亞，當了兩年記者。到美國以後又從本科念起，讀『生命科學』，這時候就不是最年輕的學生了。我拿到博士學位的時候已經三十多歲了。」Dr. Lee 對眼前的年輕人印象越來越好。

不料，提姆卻忽然刷的一個立正，大聲說：「謝謝長官教誨！我會記住你今天對我說的每一句話，每一個字！」

「幹我們這一行需要熱情，需要勇氣，需要經驗，更需要知識。你看看那些躺在海灘上的屍體……」Dr. Lee 轉身指了指案發現場。「我們讓證據說話，為死人說話，給活人清白。如果你真有興趣，幹我們這行……」Dr. Lee 沒有把話說完又開始邁出了腳步。

提姆趕緊跟上，說：「我有興趣，我會努力的！從我聽你演講的那一刻起，我就知道我這一輩子選擇了你，會永遠追隨你的！」提姆說的是真心話。如果說 Dr. Lee 當年的那場演講改變了他的人生理想，那麼今天，Dr. Lee 的這一番話就是給他的理想插上了翅膀。

「你不是選擇了我，你是選擇了科學，選擇了法庭科學。你也不僅僅是追隨我，而是我們一起追隨正義，讓正義有說話的地方。」說這話，Dr. Lee 和提姆已經回到了現場。

身後傳來剎車聲，是邁克斯駕駛著 1 號車回來了。

Dr. Lee 對提姆說：「好了，你快回到你的崗位上去吧。即使以後在一起工作，也不一定有時間說這麼多話。好好學習，祝你成功。」然後，Dr. Lee 向重案組的成員，還有這個城警察局的警察揮了揮手，就上車走了。

Dr. Lee 的車剛一轉彎，所有的人馬上就圍住了提姆。

「嗨，夥計，你今天要請客了！」

「是啊，Dr. Lee 和你說了那麼多話。」

「廳長和你說什麼了？是說這個案件嗎？」

「你是不是以前就認識 Dr. Lee？你真幸運！」

提姆搖搖頭，看著剛剛遠去的康州警政廳1號車，心事重重地說：「你們不要傳出去，Dr. Lee，要去巴爾幹半島了！」

2

DETECTIVE

聯合國的委託

康州警政廳設在米德爾敦（Middletown）I-91號高速公路旁。I-91號高速公路是美國境內連接各州的主要高速公路，很久以前，米德爾敦遠比91號公路出名的是這裡的15號公路。原因是15號公路兩旁，有不少為長途卡車司機提供色情服務的旅館。

但是從一九七八年開始，情況就不一樣了，因為設在91號公路旁的康州警政廳成了世界警察的朝拜中心。這一切的發生，是因為警政廳實驗中心來了一位神奇的中國人，他偵破了一樁樁奇案。至於這個中國人是什麼模樣，各種各樣的傳說都有。曾經有人想用文字來描述他的長相，但似乎都不那麼準確，只說最醒目的是他右臉的鼻翼旁有一顆痣，身上散發著英武的氣息。

在眾多人高馬大的美國警察當中，這張中國人的臉會一眼被認出來。世界各地的媒體、各種報紙雜誌用各種方法報導這個中國人，還有很多機構開始研究他的來歷。人們開始知道，這個中國博士是一九七五年到當時還名不見經傳的紐哈芬大學的，兩年後，紐哈芬大學的鑑識學院開始無償協助警察機關做案件的人體鑑識專案，這位博士會自己出庭說明鑑識結果。他擅長用證據說話，為維護正義據理力爭。很快，他無可挑剔的鑑識結果，一流的口才，就得到了辯控雙方的信任。不久，學校開始頻繁地有警車出入。知情人才知道，當時的州警政廳鑑識中心設備實在太陳舊了，他們不得不把一些重要案件的物證鑑定，直接拿到學院的實驗中心來做。一九七八年，當時的警政廳廳長慧眼識珠，力邀這位博士到警政廳的實驗室工作；一年後，他被任命為實驗室主任。二十多年過去了，這個當時在全美五十個州四十九個州警政廳中並不出名的警政廳，因為這個實驗室、因為這個中國人世界聞名。

這個中國人就是 Dr. Lee，中國名字叫李昌鈺。當然，現在幾乎已經沒有人直呼他的中國姓氏了，而是直接叫他 Dr. Lee（李博士）。

很快，Dr. Lee 就成了康州警政廳的名片，各界人士爭相拜訪。

一九九八年十月的一天，克羅埃西亞共和國科學、教育、體育部部長阿格隆博士（Dr. A BLone）敲響了 Dr. Lee 辦公室的門。在舉起手敲門的一剎那，阿格隆發現自己的手居然有些發抖。

他想起來第一次來到這裡的情景。

那是十年前，也是十月，阿格隆剛剛大學畢業，他帶著仰慕的心情，經過多方努力，爭取到了來美國康州警政廳實驗室學習的機會，這個幾乎是不可能實現的目標，是所有法庭科學學子的夢想。他的同學，他心中理想的未婚妻伊萬妮卡．烏阿提庫堅持要和他一起來拜見心目中的偶像。那時候伊萬妮卡也還是新聞學院的學生。他們就在這四周一塊塊綠草坪的斜坡上見到了心目中的偶像。Dr. Lee 仔細的詢問著他的情況，而伊萬妮卡，則激動地把雙手捧在胸前，在一旁認真傾聽他和 Dr. Lee 的談話。告別的時候她才怯生生地，紅著臉拿出早已準備好的照相機問 Dr. Lee：「我可以為你們拍一張合影嗎？」得到了 Dr. Lee 的同意，伊萬妮卡選好了角度為他們拍了照片，就在伊萬妮卡準備將照相機收起來時，Dr. Lee 微笑著問：「妳要不要和我們一起照相？」

「我……可以嗎？」伊萬妮卡的臉更紅了，不敢相信的看看 Dr. Lee 又看看阿格隆。

「當然可以，如果美麗的伊萬妮卡希望的話。」Dr. Lee 的臉上滿滿的慈父般的笑容。

阿格隆深深為 Dr. Lee 的體貼入微而感動。確實在他們國家，有些民族的女性是不能和陌生男子拍照片的。那天他們三個人背對著一片蔥綠的樹林，在散發著青草香味的山坡上留下了美麗的瞬間。那天當 Dr. Lee 知道伊萬妮卡很快就要畢業當記者了，還特別請他們去他的辦公室喝了茶。Dr. Lee 一邊給他們倒茶，一邊介紹他們喝的是臺灣的烏龍茶。見伊萬妮卡喜歡，臨走時，Dr. Lee 還讓祕書包了一小包茶葉給伊萬妮卡帶著。那一次幸福的經歷，讓他和伊萬妮卡久久難以忘懷，也是他們永久的話題。

而那一切彷彿就在昨天。

同樣是來拜訪老師，阿格隆今天的心情卻沉重得無以言表。不只是為伊萬妮卡憂心如焚，還因為他想要進行的工作難以為繼，急需老師的支持，而因為事關重大，老師到底會是什麼態度，他心裡沒底。

「Come in, Please! 阿格隆，我知道是你來啦！」

聽到這熟悉的聲音，阿格隆的鼻子突然有些發酸，一股熱流在心裡翻騰了一下，眼睛立刻蒙上了一些淚光。

「我這是怎麼了？」阿格隆的心顫抖了一下，「也許情況沒有我想得那麼糟呢。」

他穩定一下情緒，推門進了 Dr. Lee 的辦公室。

站在離開了十年之久的老師面前，看著老師臉上一如既往地溫暖的笑容，阿格隆忍住情緒的波瀾，跟老師打招呼：「教授，謝謝您抽時間見我，我知道您太忙了。」

Dr. Lee 看出來阿格隆的激動，語氣裡也滿是親切：「你怎麼這麼客氣起來了？老師任何時候都歡迎你來。」然後微笑著，神態安詳寬厚，指了指桌子上已經泡好的茶：「喝茶吧！知道你要來，我今天特地從家裡帶了烏龍。」語句簡練，甚至省掉了「茶」字只說「烏龍」，是一種默契，只有他們師生懂。

「謝謝，謝謝老師！一直想著老師的中國烏龍茶香，作夢都想。」阿格隆伸手端起了青花瓷茶杯，放在鼻子下，先閉著眼睛深深地嗅了一下。雖然這麼說著，但是阿格隆並沒有馬上喝，而是輕輕地把茶杯放下，拿出一個資料夾，雙手放在 Dr. Lee 面前說：「老師，我們拿到聯合國的批准文件了。這次一定請老師出山，而且還希望老師出面邀請麥克．巴登博士（Dr. Michael Baden）和賽瑞爾．韋契特博士（Dr. Cyril Harrison Wecht）一起去。」

阿格隆說的麥克．巴登博士和賽瑞爾．韋契特博士，也是法醫學界知名的專家，他們和 Dr. Lee 一起，被稱為「三劍客」。

Dr. Lee 拿起資料夾，抬起頭深深地看了一眼自己這名來自克羅埃西亞的學生。

阿格隆是典型的克羅埃西亞人，高挺的鼻梁、深凹的眼眶、白皙的皮膚、黑黑的頭髮。今天雖然西服領帶，正襟危坐，但仍然掩不住他身上特有的軍人氣質。阿格隆是博士，但同時又是特戰部隊的戰士，而且空手道四段。Dr. Lee在臺灣警官學校時也是武術隊的，而且是武術隊中成績最好的隊員，雖然當時他年紀最輕。所以，他對有文化修養的習武之人有一種發自內心的喜愛。「靜如處子，動如脫兔」，這是蘊藏在他骨子裡的中華文化的「文武雙全」。

他清楚地記得，第一次見阿格隆就發現這是一個聰明勤奮、充滿活力而又雄心勃勃的年輕人，有朝一日，他一定會成為克羅埃西亞法庭科學方面的領軍人物。果不其然，獲得人類遺傳學博士學位後，阿格隆便回到了祖國克羅埃西亞，很快就被任命為科學、教育和體育部部長，任職期間他勤勤懇懇、兢兢業業。Dr. Lee的學生遍布世界各地，阿格隆是值得Dr. Lee驕傲的一個。

見Dr. Lee打量自己，阿格隆不由得挺直了背，眼睛裡透露出一股剛毅的神情，迎上了Dr. Lee的目光。

Dr. Lee若有所思地點點頭，開始翻看文件。「功夫不負有心人。阿格隆，你這幾個月的辛苦終於有結果了。之前我還看到了你修改以後發給聯合國的資料。是啊，要想把戰犯送上海牙國際法庭，僅憑你一個人的努力和新聞報導的內容是遠遠不夠的，需要證據。而且，不是某一方面的證據。這些證據的收集和取得是一項非常浩大的工程，不僅需要大量的人力、物力、財力，有的還需要聯合國的同意，要他們出面組織國際調查。」

Dr. Lee 合上資料夾，但是沒有放下，他用一隻手端起茶杯喝了一口又接著說：「尤其是你還希望麥克．巴登博士、賽瑞爾．韋契特博士和我一起參加這一次的調查活動。要知道，我們三個人雖然經常合作，但同時出現在一個充滿危險的現場的情況為數不多。」

聽老師這麼說，阿格隆有些緊張，不知道怎麼接老師的話。的確，克羅埃西亞目前雖然大部分地區已經停戰，但局部地區的戰事仍然在進行。有些地方還是塞爾維亞武裝力量占領著。尤其是他們要去工作的地方，不但要經過塞爾維亞武裝力量占領的地盤，而且離其他武裝力量也很近。

屋子裡一陣沉默，有一些話師生二人都不願意明說。窗外一陣風吹過，樹梢發出了沙沙的響聲。十月的康州，天漸漸地涼了。

其實，從南斯拉夫發生內戰以來，Dr. Lee 就十分關注克羅埃西亞地區發生的一系列事件，關注事態的發展。而且，原本他對南斯拉夫的歷史就不陌生。

西元六世紀，斯拉夫人開始成群結隊地，從現在的俄羅斯和南波蘭向巴爾幹半島遷徙。這個半島地處亞德里亞海和黑海之間，從匈牙利一直延伸至希臘，因為位於歐洲東南面，被叫作南斯拉夫。隨後，各族人馬迅速圈地為王。塞爾維亞人成立了塞爾維亞國，克羅埃西亞人創建了克羅埃西亞國，斯洛伐克人建立了斯洛維尼亞國。但到了一四〇〇年，外族入侵，幾乎占領了他們所有的土地。奥斯曼帝國（今天的土耳其）吞併了塞爾維亞，匈牙利統治了克羅埃西亞，奥地利兼併了斯洛維尼亞……當時，奥斯曼帝國還一併把波士尼亞和赫塞哥維納納入了版圖。

天下事合久必分，分久必合。四百年以後，斯拉夫統一行動拉開了序幕，一九一八年，地球上出現了第一個以「南斯拉夫」命名的國家。

南斯拉夫國家是建立在奥匈帝國基礎上的，融合了巴爾幹半島六個自治共和國、兩個自治省而組成。就是這樣一個多民族、多語言的國家，在二戰時期，成了唯一靠自己的力量打敗了德國法西斯，把他們徹底趕出家園的國家。二戰結束後的一九四五年，約瑟普·布羅茲·鐵托（Josip Broz Tito）成為南斯拉夫總統。此後三十五年一直統治南斯拉夫，並且不設副總統。南斯拉夫是除蘇聯之外最強悍的獨立國家，被稱為「巴爾幹猛虎」。整個鐵托在位的三十五年，南斯拉夫都很強大：擁有強悍的軍隊，發達的經濟，人均ＧＤＰ

位列當時華約體系的第一位，算得上是一個超級小強國。在國際社會，鐵托政治上不傾向美國，經濟上不依靠蘇聯，堪稱第三大社會主義強國。

一九八〇年鐵托去世，死前留下了遺言：廢除總統制度，設立聯邦主席團，由八個聯邦主體各選舉一人輪流做主席。正是這種體制打破了中央集權，也打破了鐵托三十五年經營的強大的南斯拉夫。各共和國從此開始離心離德，不到十年的時間就分崩瓦解，最終一分為七，成了七個各自為政的小國家。

一個國家在國際社會是否有地位，需要擁有強大的軍事力量和發達的經濟基礎，以一個聲音向世界發言。一個多民族、多語言、多宗教信仰、多文化歷史的國家，想要創造或者保持強大的軍事力量、發達的經濟基礎，必須加強中央集權，統一地方。鐵托在位期間實行的正是這種治國策略，也是行之有效的能使得國家強大的策略。而各民族輪值主席制度，必定造成誰輪值誰就加強本民族的利益、發展本民族經濟的局面，從而削弱中央集權。這種體制看似民主，但造成地方勢力抬頭，使得中央政府有名無實。特別是還允許每個民族自治國家組建軍隊，就為後來的內戰、種族屠殺埋下了隱患。

Dr. Lee 放下資料夾，把目光投向窗外。但是仔細觀察，他的一隻手仍然壓在資料夾上，大拇指微微翹起，其餘四個手指併攏在一起輕輕敲擊著資料夾。

阿格隆一直觀察著老師的表情和動作。他知道，老師的心理活動從來不會溢於言表，但是他還是希望透過觀察能發現點什麼。眼下，他所有的希望都寄託在老師身上了。

和 Dr. Lee 瞭解南斯拉夫的角度不一樣，阿格隆思考研究的重點是，鐵托領導南斯拉夫進行的一系列變革。

的確，即使在鐵托領導期間，南斯拉夫也經歷了三次更名：一九四三年被更名為「南斯拉夫民主聯邦」；一九四六年被更名為「南斯拉夫聯邦人民共和國」；一九六三年則改國號為「南斯拉夫社會主義聯邦共和國」。構成「第二南斯拉夫」的有斯洛維尼亞、克羅埃西亞、波士尼亞、赫塞哥維納、蒙特內哥羅、馬其頓、塞爾維亞。也就是說，在鐵托領導期間，他已經不停地在調整策略，試圖用這些手段遏制地方勢力膨脹，阻止民族矛盾激化。但是鐵托逝世後，整個地區的民族主義情緒快速增長，共和國中的絕大多數都相繼宣布獨立。

第三個以「南斯拉夫」命名的國家是南斯拉夫聯邦共和國，就是三年前成立的，由塞爾維亞共和國（含自治省科索沃）和蒙特內哥羅組成……

那裡曾經是一個多麼美麗的國度啊！寧靜的湖泊，蜿蜒漫長的海灘，起伏的山巒，處處充滿著令人遐想無限的波希米亞風情，一切像其樂融融的大家庭般歷歷在目。而現在，滿目瘡痍。「記憶中最美的春天，難以再回首的昨天」，今昔對比，讓阿格隆的心再一次被痛苦吞噬著。

他知道，只有Dr. Lee同意參加調查小組了，麥克．巴登博士和賽瑞爾．韋契特博士才有可能參加。而有「三劍客」參加調查的鑑識報告才是世界上最有分量的報告。現在他最大的希望就是能說服老師。

於是他開始告訴Dr. Lee，他的祖國，他曾經美麗的家園現在已經被戰火毀滅了。因為他一直在首都札格雷布工作，開始的時候只是從親戚朋友交流的片言隻語中感受他們對局勢的不安。當時他還安慰家人，這一切僅僅是暫時的，是個別現象，是「貝爾格勒」解釋的「不愉快的誤會」。但是後來，發生了一系列更加「不愉快」的事件，證明這些只是斯洛波丹．米洛塞維奇（Slobodan Milošević）的手腕和伎倆，是善良人的良好願望。阿格隆的直覺告訴他，可能真正的麻煩還在後面。

果然，他從伊萬妮卡發給他的一系列報導中知道，事態遠比他們想像的要嚴重得多。「所有的商店都被搶劫了。他們還燒毀了大量民宅。他們拘禁、強姦婦女，而且越發嚴重。」於是，他開始密切關注起來，開始把伊萬妮卡的報導發給他熟悉的媒體，後來又自己寫文章，希望引起國際社會和國際輿論的關注。終於，北約軍事力量和聯合國觀察團去了南斯拉夫，「塞爾維亞」收斂了一些。但是很快他們又故技重演，只是手法不一樣。有證據說明，至少五百座城鎮和村莊，數以萬計的住宅被毀，那些流落在國內的難民生病、挨餓。對於跑到山上去的難民，塞爾維亞武裝也不放過，不斷騷擾，對他們進行敲詐和毆打。

阿格隆告訴老師，一年來，他一直在奔波，他要拯救他的祖國、拯救他的民族、拯救他的親人。在來的路上，他心裡一直有一些話在翻騰著，他想問老師：為什麼到了二十一世紀，人類還沒有學會如何相容並包，和諧共處？在這個世界上，還有其他哪一個物種會像人類這樣如此不顧一切地互相殘殺嗎？

他拿出伊萬妮卡的幾篇報導，挑了幾段讀給老師聽：

「作為一名記者，我是災難見證者，親眼目睹了人民的痛苦，家園的毀滅，親人的流離失所和死亡。雖然我相信美麗的波士尼亞、克羅埃西亞永遠不會真正消失，但是災難已經發生，創傷已經深深地烙在了我們每一個人的記憶之中，永遠永遠無法抹去了……」

「那和平美好，如同秋天的陽光，靜靜地定格在家園纏滿青藤的綠牆上，那一切彷彿是上個世紀的事了。是什麼讓無辜的親人陰陽相隔？是誰毀滅那如幻如夢一般的平靜的美好？是戰爭！是斯洛波丹．米洛塞維奇、拉特科．姆拉迪奇和拉多萬．卡拉季奇劊子手們！當利益成為唯一的價值，他們把和平、理想、道德，甚至千千萬萬平民百姓的生命都當成交易的籌碼。因為宗教信仰不同、政治立場對立以及地區疆界差異，而製造了一起起大屠殺事件。這就是人類永遠都無法改變的本性？」

「它就像毒瘤、像噩夢，一口一口吞噬著我們的思想和靈魂。這樣的毒瘤，必須用刀切除，我們的噩夢才能結束。雖然很難雖然很痛，但這是唯一的解決辦法……狙擊手橫行，田地家園被毀，燒殺淫擄，善良的願望無法阻止邪惡的惡行發生，正義的吶喊擋不住魔鬼的屠刀……這是全體南斯拉夫人的恥辱，這是戰爭的恥辱！這絕不是那些所謂的英雄和愛國者標榜的榮耀之戰，對於無辜的平民百姓來說，這是一場血淋淋的屠殺！」

念到這裡，阿格隆的聲音充滿了悲哀。他抬起頭，眼眶裡已經閃著點點淚光，他悲聲問道：「老師，為什麼我們就不能從歷史中吸取經驗教訓？為什麼各地各族的人們就不能和諧共處？雖然不同的民族、不同的國家有著各自不同的語言，但這個世界上有一種語言是相通的，那就是『和平互愛』。為什麼人們不能去找尋它、接納它、信奉它？如果所有的人都能去這樣做，那些令我們痛心疾首的悲劇還會發生嗎？」

接著，阿格隆更難過地說：「以前我的消息主要來自伊萬妮卡和她的同事們，但是他們在國際觀察員離開科索沃以後就再也沒有消息了。有人說他們上山了，也有人說他們被塞爾維亞人關進監獄了。」

Dr. Lee 被阿格隆打動了，情緒也變得異常沉重起來。他沉思了片刻，緩緩地說：「我非常理解你的感受。科學家的鑑定不能帶有任何感情色彩，但是科學家一定是最充滿感情的人。」他把茶重新推到阿格隆手邊，「如果僅僅作為鑑識專家，沒有人要求我們需要全面瞭解南斯拉夫的歷史，瞭解毛細血管般的『民族』真相。但是在資訊發達的今天，我們不可能，也沒有必要裝聾作啞，置事實真相於不顧。雖然整個事件錯綜複雜，但對於我們要做的調查來說是具體真實又細緻入微的。當然，我們所做的人體身分死因鑑識調查，也只是幫助聯合國調查事件真相的一部分。」

「謝謝老師！謝謝老師！我代表……」阿格隆激動地站了起來。

「你先坐下來。」Dr. Lee 沒有讓阿格隆把話說完，「你們要獲得塞爾維亞人違背國際人道主義法律的具體的、中立的證據頗為困難。」

「老師，從阿爾巴尼亞和馬其頓的官方觀察員，以及仍與科索沃當地成員有聯繫的記者、非政府組織、科索沃阿爾巴尼亞族（包括難民和科索沃解放軍）發出的數以千計的報導中不難看出，絕大多數內容都清晰地敘述了塞爾維亞族在克羅埃西亞實行種族清洗的暴行。遷移的規模，也是從二戰以來歐洲人從未見過的。他們驅趕了大多數阿爾巴尼亞族離開家園，還聲稱，這次史無前例的人口外流，是害怕北約空襲而自願逃離。但難民們卻說，他們是被塞爾維亞族用槍逼著趕離家園的。與去年發生戰鬥時的情況不同，去年多數流落國內者和難民自願出逃，是為了避免交叉戰火，或避開塞爾維亞族公安部隊的掠奪。而現在被迫留下來的人都是要被用作人體盾牌的。塞爾維亞族軍隊為了躲避北約的空中打擊，穿起了帶有紅十字和紅新月標誌的白襯衣，戴著白帽子，扮成難民，混雜在達科維卡與布萊科維卡之間的難民護衛隊中。為隱蔽軍事物資，塞爾維亞族軍隊用非政府組織專用的塑膠布遮蔽運輸車輛。」

「真是一片多災多難的土地，而受苦受難的卻永遠是那些手無寸鐵的平民。」Dr. Lee深深地嘆了一口氣，他想以這一句話結束討論。

「我一定要把斯洛波丹．米洛塞維奇、拉特科．姆拉迪奇和拉多萬．卡拉季奇那幾個戰犯送上海牙國際法庭！要將劊子手、屠夫斯洛波丹．米洛塞維奇作為戰犯來起訴！」

阿格隆知道老師的習慣，但是他不想、也不能放棄這難得的機會。他彷彿已經置身於國際法庭，向法官做最後的陳述了。

其實他不知道，Dr. Lee 心裡另有一番沉甸甸的感受。他調查過多宗謀殺，有單人被殺案件的，也有小規模殺戮的，但這次他要去調查的「謀殺」案和以往完全不同。這是一起特殊的「謀殺」，有成千上萬的生靈慘遭荼毒。

想到這裡，Dr. Lee 說：「有一個人很關心你要求聯合國組織調查小組去克羅埃西亞的事情，她今天還給我打電話了。她告訴我，她擔任主席的慈善基金會，已經把很多救援物資運到了克羅埃西亞地區。她希望我們能夠組成一個調查小組，去那裡完成死亡的無辜平民人體身分鑑識。慈善基金會願意為調查小組提供經費。她就是芭芭拉．布希，美國第一夫人。」

「太好了！謝謝第一夫人！我們確實收到了慈善基金會很多的救援物資，我們還需要一些設備和儀器，不知道可不可以……」阿格隆站了起來，激動得有些亂了方寸。

Dr. Lee 十分理解阿格隆的心情，笑著看著他，示意他先坐下來，然後，打開資料夾，一邊在上面簽字一邊說：「我想她也是受聯合國的委託。慈善基金會在第一夫人擔任主席期間，做了大量的人道慈善工作。他們為全世界範圍內發生的地震、火災、山洪、大面積瘟疫提供藥品、帳篷以及食品。另外，我的一些朋友主持的基金會，如果知道我要去克羅埃西亞，也會願意提供一些幫助。我想設備問題應該可以解決。」接著，Dr. Lee 嘆了一口氣，「……都被夷為平地了，醫院肯定也沒有了。沒有設備儀器，去再多的專家，也不能儘快完成調查工作。」

聽老師已經考慮得這麼周密了，阿格隆如釋重負，臉上第一次浮起了笑容。

「關於調查組的成員，你稍微等一會兒，我會給麥克．巴登博士和賽瑞爾．韋契特博士打電話。我希望他們能一起去，畢竟他們在這一行是有權威的，這樣會使工作進展得比較快。但是他們工作都非常忙，我也只能試試看。另外還有一個人，我想這一次不但用得著，而且會非常需要，就是世界著名毒物檢測專家邁克爾博士（Dr. Michael F. Rieders）。他在賓夕法尼亞州檢測中心，目前是全世界能夠檢測毒物種類最多的地方，我也試試邀請他參加調查小組。」

「老師考慮得真周到，謝謝老師！」阿格隆心裡的一塊大石頭終於落地了。他再一次站起來表達感激。麥克．巴登擅長解剖，賽瑞爾．韋契特的強項是病理。阿格隆知道，他們平時的工作特別多，工作日程很久以前就安排了，所以要想請得動他們，而且在這麼短的時間裡就出發，除了Dr. Lee，世界上沒有第二個人做得到。雖然老師說「試試」，但是他知道，老師出面邀請，麥克．巴登和賽瑞爾．韋契特是不會拒絕的。

果然，兩位博士接到Dr. Lee的電話都爽快地答應了，麥克．巴登博士還在電話裡對Dr. Lee說：「你答應我，我們要繼續把那個話題討論下去。」阿格隆雖然不知道是什麼樣的話題，但是他知道，他的任務完成了。他也想跟老師討論話題。

於是，原本只安排三十分鐘的見面，沒想到從三十分鐘延長到了一個小時，又從一個小時延長到了兩個小時，從兩個小時延長到了四個小時……最後，兩個人討論了六個多小時。從戰爭犯罪調查活動的參與準備工作，DNA技術發展，談到種族清洗，從空手道談到克羅埃西亞的生活，從科學談到巴爾幹半島的歷史，從種族大屠殺談到這一次要挖掘的「萬人塚」。

阿格隆最後不得不承認一個現狀：波士尼亞人、塞爾維亞人和克羅埃西亞人背井離鄉，去異國尋求庇護，即使有國家接納了他們（如澳大利亞），但他們仍然無法和諧相處。這一點尤其令人悲哀。在澳大利亞，塞爾維亞人和克羅埃西亞人甚至不能在一起參加體育活動，只要在一起，就會打起來。作為國家的部長級官員，阿格隆也知道，到了必須要回過頭去看一看，究竟是什麼原因引發了這些暴行？他說，我們原本都是上天的孩子，卻被標上了一個個不同的標籤：穆斯林、基督徒、印度教徒……正是這些標籤，把自己與其他人割裂開來——只認為自己所信奉的教義是對的，其他的教義都是錯的。

最後Dr. Lee語重心長地說：「我以老師的身分和你說幾句話。我知道你的感受，但是這一次調查不是為了一個伊萬妮卡，也不是應你個人的要求。我知道，你還有想法今天沒說出來，我們以後有時間再討論。調查小組人員你再考慮還需要哪些人，但就目前來說，已經是世界最強陣容了。當然，即使是世界最強陣容，也需要當地團隊的支援與合作。我希望到了克羅埃西亞地區，工作能夠順利地進行，不希望有什麼意外發生。我們調查小組的每一個成員都有家人，我們的家人也不希望我們只是為了榮譽滿身而以身犯險，他們一定希望我們平安歸來。所以，作為克羅埃西亞的代表，你要把我們剛剛討論的問題毫無保留地向上級彙報，同時落實好每一個細節。另外，你還要根據當地的實際情況，考慮還有哪些我們沒有考慮到的，總之，你還有大量的準備工作要做。」

等阿格隆從康州警政廳出來，已經是六個小時以後了。天色已近黃昏，他直接開車去了西哈佛特。

這是康州首府附近的一個衛星城。如果沒有人介紹，那英倫模樣的古城堡、小石塊鋪成的不寬的街道，會讓人感覺是置身於古老的歐洲小鎮。的確，西哈佛特是一百多年前英國人建造的。如今，周圍的劇院、商店、紀念館、會議中心又完全是現代建築，現在，在阿格隆的眼裡，這一切在燈光的投影下安寧祥和。跟自己正在遭受著炮火摧殘的祖國相比，阿格隆覺得恍如隔世，百感交集。

城中心有一個不大的廣場，深秋的大地彷彿要把一生的積蓄都奉獻給植物。楓葉紅得更濃了，橡樹恣意地在夜色中舒展著自己高大茂盛的枝葉。厚厚的、修剪得像植絨地毯一樣的草坪上的小草，使勁地撐開徑葉，為的是把自己獨特的香味散發出來。而辛夷、山茱萸、粉團、朱槿還有那些叫不出名字的、姿態各異的花卉，即使在夜裡也盡情綻放著。幾座造型簡單卻很結實的小亭、長椅，隨意安閒自在地散落、隱藏在橡樹下、花叢前、草坪上、噴泉旁。

阿格隆下了車，漫無目的地在廣場中央，踏著草坪與草坪之間細細的小徑，沿著噴水池一圈圈地走著。

阿格隆沒有一絲睡意，他腦子裡交叉重播著一幕幕克羅埃西亞的戰爭場面和跟老師六個小時的交談。他一遍遍思考著老師的詢問、提醒、安排和一再關照他要做的準備工作。而在康州警政廳的停車場，原來整整齊齊停放的車一輛接一輛被開走了，只有1號車孤零零地堅守著崗位，和它遙遙相望的是警政廳1號樓廳長辦公室透出來的燈光。

那燈光一直亮到東方的天空透出一片朝霞……

3

DETECTIVE

穿越戰火的三十分鐘

一架殘破不堪的俄產直升機停在「聯合國調查小組」的面前。調查組所有成員臉上都寫著一個大大的問號，然後像是聽到了口令，不約而同地把目光都投向了 Dr. Lee。

看到這架像是用橡皮筋和膠帶捆綁起來才不至於散架的直升機，Dr. Lee 也懵了。但畢竟久經沙場，他不動聲色地開始圍著直升機轉起圈來，還時不時地伸出手摸摸這兒、敲敲那兒。

和在州警政廳當廳長的形象完全不一樣，Dr. Lee 今天穿了一件兩隻臂膀都縫著康州警察標誌的淺藍色夾克。夾克的面料是一種新型的阻燃、隔熱、防雨綢，裡料是一層有吸濕排汗功能的白色的保暖絨。衣服的分量非常輕但卻十分保暖。

美國是聯邦分權制，沒有中央警察。各州的法律和警察制度由各州自己制定，警察制服的設計、人事調用、巡邏制度的規定，警察的級別也都是由各州各市自己做主。這件夾克就是 Dr. Lee 當康州警政廳長以後設計的。夾克是小翻領，一排白色的嵌扣從領口一直到最下襬。袖口裝有易拉得搭扣，下襬有一根尼龍繩抽帶，正常情況下，夾克是寬鬆袖口和腰身，遇到特殊情況立刻可以把袖口和下襬收緊，然後夾克馬上就能變成一件特製的工作服。今天他頭上還戴了一頂長舌棒球帽，帽子的正前方也繡著一枚大大的布質警察徽章。

從車子離開康州警政廳開始，Dr. Lee 就做好了隨時隨地應付突發事件的準備，但眼前出現這副尊容的直升機，還真是讓他始料不及。畢竟，他身後是全世界法庭鑑識科學（Forensic Science）的半打精英啊。

首先是阿格隆繫之念之的麥克．巴登博士和賽瑞爾．韋契特博士。巴登博士是法裔科學家，法醫解剖權威，紐約市警察局總法醫。韋契特博士是出生在匹茲堡的德裔科學家，法醫病理權威，猶太民族。這兩位和自己被稱作鑑識界的「三劍客」，多次合作，幾乎重大的案發現場或庭審都會有他們的身影出現。

眼前的麥克．巴登身高六呎四吋，碩大的腦袋，健康的膚色，一副寬大的變色眼鏡，修剪整齊的鬍鬚，配上精心搭配的衣著，真是玉樹臨風，散發著無窮的魅力。專業技術上的精益求精，跟他隨時隨地注意儀表的氣質極其匹配，也十分符合一些女性對夢中情人的幻想。據說，風流倜儻的麥克．巴登也的確征服了一大批女性追隨者，當然，這並不影響他作為一名優秀的科學家。他甚至非常「謙虛」地認為，這些追隨者激發了他對美好生活的憧憬，會促使他更加努力地工作。

賽瑞爾．韋契特博士則是另外一種形象。Dr. Lee 經常說，僅僅看外表，就能判斷出韋契特博士是一位典型的科學家，而且是德裔科學家。他在追求事業方面，發揮了日耳曼民族所有的優良素質，而他那張五官都恰到好處地分布在最合適位置上的臉，也堪稱一件精美的雕塑。加上高挑的個頭，溫和的微笑，使得他渾身上下都散發著貴族的氣質，又十分有親和力。

賽瑞爾．韋契特對待異性的觀念和麥克．巴登完全不同。他對待愛情、家庭像他做學問一樣嚴謹認真又不乏熱情。他有一位非常漂亮也非常出色的太太，是瑞典人，出身名門，能掌握七國文字和語言。二戰期間，賽瑞爾．韋契特參戰遠征，她在戰地醫院做翻譯，他們在那裡相遇而相識。戰爭結束以後，賽瑞爾．韋契特專攻法醫解剖，她則取得了律師資格。後來，夫妻二人雙雙取得了博士學位，同時也迎來了事業上的成功。

和麥克．巴登處處留情不一樣，賽瑞爾．韋契特把太太培養成了自己最得力的助理及合作者。他們把家安在韋契特的出生地匹茲堡。他的父親在這裡曾有一家規模不大的商店。和所有的猶太人一樣，父親重視家庭、精打細算，靠經營商店的收益養活了全家人。在那裡韋契特讀完了小學、初中和高中，也繼承了父親的家庭觀念和事業理念，後來，他們在紐哈芬海灣最美的地段購置了暑期別墅。臨海一面大大的落地窗，讓美麗的海景時刻盡收眼底。

除了這兩位頂級的科學家。同行的還有芭芭拉．沃爾夫博士（Dr. Barbara Wolf），英國病理學家，紐約州奧爾巴尼郡的總驗屍官。她是調查組中唯一的女科學家。芭芭拉．沃爾夫不但在病理學上有著讓男人望而卻步的成就，在長相上也有著讓每一位女性都羨慕的容顏。她身材凹凸有致曲線完美，盡顯英倫魅力。一頭棕色的短髮，每一個髮捲都一絲不苟的在太陽穴兩邊、左右臉頰、耳垂下襯托著她光滑的額頭、堅挺的鼻梁和飽滿的嘴脣。芭芭拉．沃爾夫有一對藍色的眼睛，像蘊藏著一泓靜靜的湖水，藏在長而密微捲的睫毛下。她的出現常常會給人一種寧靜的感覺。芭芭拉．沃爾夫的成功，推翻了女性的美麗和智慧不能兼得的錯誤論斷。

站在芭芭拉旁邊的，是 Dr. Lee 為此次「聯合國調查小組」的克羅埃西亞之行特別邀請的毒物檢驗專家邁克爾博士（Dr. Michaell F. Rieders）。他出生在毒物鑑定世家，祖父、父親都是世界聞名的毒物鑑定專家，他和哥哥子承父業，都是毒物學博士。邁克爾曾經鑑識過拿破崙的頭髮，發現了拿破崙頭髮裡有砒霜。他的化驗室也做毒品分析，但是主要的任務是鑑識。邁克爾中等身材，體格結實，臉上的皮膚略顯粗糙，單看外表也許很難把他和科學家這個身分聯繫起來，但是只要他開口討論案情，他在毒物方面的豐富知識，細膩周到嚴謹的論述和所做檢測的精準度，就會立刻讓所有人驚訝。他和 Dr. Lee 是莫逆之交，他在賓夕法尼亞州的毒物檢測所曾多次為 Dr. Lee 偵破案件提供可靠報告。

邁克爾還有一個讓 Dr. Lee 欣賞的特點就是特別好學，只要和 Dr. Lee 在一起，他總能擠出時間，向 Dr. Lee 的專業領域「蠶食」。

站在最遠處的是此次「聯合國調查小組」裡唯一的「業」外人士，女記者崔西（Tracy），畢業於哥倫比亞大學新聞傳播學院，就職於ABC美國廣播公司。她是自告奮勇參與這次行動，她希望 Dr. Lee 允許她全程報導調查經過。此時她正彎著腰整理行李，因為阿格隆猶豫著說她的行李可能有些超重，她就毫不猶豫地留下了裝著內衣、化妝品和零食的包，保留著全套的攝影、錄音裝置，她還問阿格隆能不能帶槍。

崔西身高一七二公分，淺藍色的眼睛，白裡透紅的膚色，一頭火紅的頭髮是她最醒目的標誌。她幾乎永遠都是牛仔褲、皮夾克、白色T恤或者白色襯衫。飽滿的胸部，微翹的臀部，使得她的回頭率不亞於任何一位影視明星。崔西出生在一個石油大亨的家庭，父母是紐西蘭移民。她是他們唯一的、也是最小的女兒，從小有幾個哥哥護佑。也許是從小就在男孩堆兒裡長大的緣故，崔西練習柔道、射擊，而且喜歡使用各種武器，她的每一位哥哥都是她的陪練對手。如果不瞭解她的職業，而僅僅看她的舉止做派，活脫脫就是一名訓練有素的特警隊員。

當然，崔西也有和「特警隊員」不相符的地方，就是她的每一件衣服，尤其是貼身穿的衣服，無論多大的品牌，無論什麼質地，都無一例外在醒目的位置繡著她名字的字母。她把它稱作「世界上最偉大的母愛」。

崔西的理想是當一名戰地記者。她行動快，筆頭更快，如果是她和一群記者同時出現在一個事發地點，首先發現場實況回電視臺的一定是崔西。所以，當她跟ABC的老闆提出要參加「聯合國調查小組」去克羅埃西亞時，老闆第一時間就給了她最肯定的答覆，而且時間、裝備以及所需要的任何資源都由ABC提供。因為老闆不僅知道這是一次不可多得的、具有非常價值的採訪機會，還知道崔西是不二人選。

Dr. Lee看看眼前的這架早就該進軍事博物館的軍用直升機，再看看這些整裝待發的世界級的「寶貝」，心裡充滿了少有的擔憂。他知道，他們中的大多數人，昨天都是坐著頭等艙或商務艙從美國的各個地方飛到瑞士日內瓦集合的，而眼前這架飛機，且不論舒適度，看上去連基本安全似乎都無法保證。一旦出事，後果將不堪設想。到時候，恐怕唯一的價值就是媒體有了新聞資源。可以想像得出來，那時候世界各地的媒體將怎樣報導這個消息。估計「無一倖免」或者「無一生還」這幾個字是少不掉的，也是最搶眼的。同時，世界範圍內的法庭鑑識科學將倒退若干年，也會是無法迴避的字眼。

身後有人在不安地走動，Dr. Lee 知道那是阿格隆。從看到這一架直升機開始，阿格隆就像是擔心他跑了似的，一步不離地跟在他身後。Dr. Lee 心裡明白，只要他一回頭，阿格隆肯定就會把已經準備了一籮筐的關於直升機的解釋倒給他。Dr. Lee 更明白，這是阿格隆，或者說是克羅埃西亞方面，目前能找到的最好的交通工具了。

其實，此時此刻阿格隆的心裡也在打鼓，他也不知道這款一九五〇年的老飛機還能飛多久，能不能安全地把這些他好不容易請來的專家帶到克羅埃西亞。好在 Dr. Lee 暫時還沒有回頭質疑他，而是繼續在「檢查」直升機。

Dr. Lee 圍著飛機轉了一圈回來，發現幾乎所有人的手裡都拿著手機。不用猜，他們都在等他宣布就地解散以後，給家人打電話。看到 Dr. Lee 轉了回來，麥克．巴登像是無意地走到他身邊，用大家都能聽得見的聲音對著電話說：「親愛的，不用著急，我可能馬上就回去了。」說完，帶著一點調侃和狡黠的表情衝著 Dr. Lee 笑，意思說：「哥們兒，我先給你把救生圈和梯子準備好。」

站在 Dr. Lee 身後的阿格隆，看懂了巴登的表情，也聽懂了他的弦外之音。他心裡又緊張起來，無助地看著 Dr. Lee。

「你這傢伙，在給哪一位女朋友打電話呢？」Dr. Lee 笑容滿面，完全看不出有一絲一毫的擔心。因為比較投緣，Dr. Lee 經常拿麥克．巴登開玩笑。帥氣的巴登不僅專業一流，泡妞手腕也是一流，換女朋友比換襯衫還快。

對 Dr. Lee 的玩笑，巴登並不介意，他甚至樂得聽到這樣的玩笑，還調皮地向旁邊的賽瑞爾．韋契特歪了歪頭，吹了一聲口哨。

賽瑞爾．韋契特饒有興趣地看著眼前的一幕。他們三個經常在一起合作辦案，血腥的場面他們司空見慣，所以，三個人經常用「鬥嘴」來放鬆神經，也經常打賭。

和其他人打賭，麥克．巴登從來都是穩操勝券，但跟 Dr. Lee，他負多勝少，而且經常讓他輸得心服口服。剛剛，巴登又悄悄跟韋契特打賭，賭今天 Dr. Lee 會決定不飛。根據以往的經驗，巴登不是 Dr. Lee 的對手，Dr. Lee 的決策往往出乎他的意料，但眼前的這架飛機實在太破了，韋契特也覺得懸。為了享受跟巴登「鬥智鬥勇」的樂趣，也為了看看面對這樣的飛機，和他們長著一樣的腦袋，卻比他們聰明一百倍的中國人，會怎樣說服大家上去，他還是決定跟他賭。當然，他心裡也知道，以他對 Dr. Lee 的瞭解，面對工作中的難題，Dr. Lee 連洩氣都沒有過，放棄，更不可能。

所以，見巴登故意用電話「挑釁」，他和飛機前的其他人一樣，統統笑著轉向了 Dr. Lee。

在所有人目光的注視下，Dr. Lee 微笑著也拿出手機撥電話，然後用非常輕鬆的語氣對著電話說：「瑪格麗，我們已經到了目的地，是的……當然非常安全……我們當然是坐飛機，你以為我們都長了翅膀……哈哈……剛剛落了地……一架非常特別，總而言之是很棒的直升機……特種部隊護航，妳放心吧！麥克．巴登？他很好，賽瑞爾．韋契特？他當然也很好。剛剛在飛機上他們都睡著了。OK，拜拜！」

大家都知道，Dr. Lee 電話裡的瑪格麗是他的太太。

說完，Dr. Lee 關了手機，轉過身向阿格隆果斷地一揮手，嘴巴裡乾淨俐落地蹦出兩個字「Let's Go！」接著用比往常更快的速度，身手矯健地上了飛機。Dr. Lee 知道，如果他今天不第一個上這架「總而言之很棒的飛機」，沒有一個人會上去！他只能不解釋、不討論，只行動。

巴登只能對著洋洋得意的韋契特聳聳肩，攤攤手，然後快步跟著上了飛機。

「突、突、突、突……」隨著引擎發出的震耳欲聾的轟轟聲，直升機搖搖晃晃地起飛了。

軍用直升機機艙很窄，而且除了正副駕駛，沒有其他任何座椅，所有人只能像傘兵一樣，席地分坐在機艙兩邊。Dr. Lee 剛坐下就想起來，剛剛一見面的時候，指揮官曾輕描淡寫地問過他們，誰有過跳傘的經歷。當時他還以為是指揮官在活躍氣氛，跟大家開玩笑，現在，他總算明白了。

Dr. Lee 環視了一下機艙裡的人，發現大家都緊張地背貼著金屬機艙板。飛機的震動直接通過後脊梁神經傳到了身體的每一個部位，這種感覺一方面很刺激，一方面又使人感到一種莫名的恐懼。Dr. Lee 心裡明白，就算有過跳傘的經歷，哪怕本身就是傘兵，在這種條件下又能怎麼樣呢？現在機艙裡連一個傘包都沒有，如果遇到意外，他們連跳傘的機會都沒有。

Dr. Lee坐在駕駛員緊後方的位置，麥克．巴登坐在Dr. Lee的旁邊，賽瑞爾．韋契特坐在巴登對面。不知道是因為氣流太大，還是因為飛機實在太老了，直升機剛剛離開地面，就厲害地顛簸起來。

突然，三個人飛快地交換了一下眼神，然後分別用緊張的目光立刻搜索起機艙的每一個角落來。

「你們找什麼？是不是有行李忘了帶上飛機？」三個人的異常神情，引起了指揮官的注意。

不料，這時候三個人的目光又交叉在一起，然後不約而同地笑起來了。

「沒有，我們沒有什麼東西忘了帶上飛機。」老規矩，麥克．巴登代表「三劍客」回答了指揮官的問題。

只有「三劍客」自己心裡明白，剛才他們緊張搜索，是因為飛機的顛簸使他們同時想起了曾經一起處理過的軍用直升機爆炸案。

幾年前，約旦國王和王后要到波士頓看望在哈佛大學讀書的女兒。因為從紐約去波士頓需要六個小時的車程，而空中航線只需要地面時間的四分之一，為了表示友好，美方專門派了一架軍用直升機接送國王、王后和他們的隨從以及特勤工作人員。但是，因為天氣不好，國王最後還是決定開車去波士頓，於是軍用直升機上只坐了部長和其他的政府官員。沒想到直升機起飛三十分鐘之後就在麻省上空轟然爆炸。碎片撒滿了整座山頭。因為事件直接關乎美約關係，甚至會直接影響到其他親美國家的關係，美國聯邦調查局、中情局、航空安全局立刻組織重案小組，火速趕赴直升機墜落現場，分析造成爆炸的原因。

「三劍客」應中情局邀請前往協助調查。Dr. Lee 到現場有幾個小時的車程，按習慣，他一上車就開始瞭解當地的天氣預報情況，同時開始指導重案組如何保護現場。很快，Dr. Lee 得到回覆，將有一場暴風雨和他們幾乎同期到達。這是任何野外案發現場都不願意遇到的糟糕情形，因為現場在野外無法保護，如果現在就進行排查，上萬平方公尺的山頭，時間根本不允許。等暴風雨過後再去現場？暴雨必定會把一些飛機碎片及物證沖跑。

麥克．巴登和賽瑞爾．韋契特兩個人都無能為力地直搖頭。Dr. Lee 沉思片刻以後，立刻安排飛機升空，趕在暴風雨來臨之前，盡可能詳細地拍攝現場照片。同時，讓人找來失事地面的地圖，然後用印著小方格的紙，對照著直升機碎片散落的山頭，標出了每一個方格和地圖相應的位置。接著又派人將物證對應每一個方格收入單獨編號的箱子裡，將裝有物證的箱子和對應的地圖、方格紙都標上相同的數字以便匹配，然後把所有東西迅速運出山區妥善保管。指揮完成了這一切，Dr. Lee 特別囑咐重案組，天晴以後，要回到波士頓對照現場照片，在機坪上分別按照地圖、標誌編號將每一箱物證取出來，重建現場進行事故分析。

沒想到幾個星期以後，重案組來電話說：「我們想盡了辦法，查不出有任何爆炸物。」

也就是說，沒有證據證明有人在飛機放了炸彈要謀殺國王。

「三劍客」又重新回到麻省。他們把直升機所有碎片重新檢查了一遍，也沒有找到爆炸物的疑點。經過一整夜的討論，Dr. Lee 提議調來一架同樣型號的軍用直升機，按原形，把飛機碎片重新拼湊成爆炸前的模樣。就這樣，經過復原和仔細分析，「三劍客」最終得出結論：「軍用直升機是在沒有爆炸物的情況下自行爆炸」。

結論一宣布，引起一片譁然。最不能接受的就是約旦王室，他們堅持認為美方有意掩蓋了刺殺國王陰謀的真相，要求美方立刻召開新聞發布會宣布調查結果。

Dr. Lee 代表重案組出席新聞發布會。他向記者出示了一份分析報告，同時用科技手段、三維空間畫面演示了報告內容。

報告稱：「軍用直升機的任務是運輸軍用物資和傘兵，機艙比普通民用直升機大；在執行軍事任務中，軍用直升機有時需要迅速拉升高度，以躲避地面密集炮火的襲擊，所以它的螺旋槳葉比較長。以上兩點，決定了軍用直升機的重量超過了一般民用直升機，而機身下的兩隻小輪子，不足以支撐軍用直升機的重量，所以軍用直升機在執行任務時都是懸在地面上，一旦任務完成立刻升空。如果軍用直升機完成任務停在機坪上，會用兩個重達五〇〇磅的長鐵三腳架「錨」支撐機頭和機尾。飛機啟動升空前，機組人員會取出錨放到機艙內備用。兩支鋼鐵三腳架，在機艙裡有固定的捆綁位置。但是那一天，兩支鋼鐵三腳架中的一支並沒有被機組人員固定到位。由於天氣情況不好，造成直升機剛起飛就開始顛簸，而那支「活動」的三腳架的位置，正好在油箱的輸油管道上。隨著飛機的頻繁顛簸，三腳架不停地摩擦油箱管道，給管道造成了細微的小孔，油箱的氣體開始順著小孔揮發到機艙內。最終導致直升機爆炸的原因，是機艙的機電盒交換線路閃出的火花，引燃了機艙內的氣體。

「軍用直升機的機艙像一只巨型空中炸彈在空中爆炸，機上無一人生還……」

無懈可擊的調查報告內容，輸油管、物證、鐵三腳架和 Dr. Lee 生動精確的演示讓媒體，也讓約旦國王的代表心悅誠服。

所以，今天他們一進入軍用直升機的機艙，記憶中的「空中炸彈」立刻條件反射般出現在「三劍客」的腦海中：鐵三腳架在哪裡？綁好了沒有？

飛機在雲層中上下顛簸、左搖右晃地飛行著。像是擔心飛行員會誤操作，飛機每顛簸一次，麥克·巴登就會探出身子，越過 Dr. Lee 去看一下駕駛員的動作。如果他探出身子的同時直升機又恰好搖晃了一下，所有人又都會把目光投向他，好像是他造成了飛機的搖晃。

突然，機身又是一陣劇烈的顛簸，還沒等麥克·巴登探出身子，就聽到駕駛室傳來飛行員的聲音：「大家都坐好，好像地面有人向我們開炮了。」聲音裡好像並沒有太緊張，只是和大家打聲招呼，末了還嘀咕了一句，「奇怪，這裡還沒有到塞爾維亞人控制的地方啊！」

「你可不可以把飛機再拉高一點兒？」麥克·巴登又探出了身子，但還沒等他開口，

Dr. Lee 已經在問駕駛員了。

不知道是不是巧合，麥克．巴登剛剛移動一下身體，飛機就跟著又搖晃了一下。

「已經拉到最高了。」飛行員回答。

「是不是所有的直升飛機都只能飛這麼高？」麥克．巴登不敢再動了，只是提高了聲音問道，「我記得上一次爆炸案記錄的那架直升機飛的高度比你高多了。」

話音剛落，賽瑞爾．韋契特就又好氣又好笑地瞪了他一眼。

「是可以拉得高一些，但主要是我們的飛機年紀大了點兒，而且昨天剛被機關槍子彈穿了個洞。因為今天要送你們，來不及修理，我就自己用最好的材料補上了。如果拉得太高，我怕氣壓會把補上的材料擠出去或者直接崩掉。」駕駛員的話讓所有的人都不再吭氣了。麥克．巴登很後悔自己問了這句話。

「大家放心，我這架飛機是非常幸運的飛機。」見大家突然都不說話了，駕駛員趕緊給大家寬心。

「看來這樣的飛機你們還有幾架？」Dr. Lee 問。

「我們原來有四架。」

「原來有四架？那現在其他的飛機呢？」

「他們運氣不好，都被打下去了。有一架是昨天剛剛被打下去的，上面的人沒有一個活下來。四架中只有我還在飛，你們說是不是我最幸運？」飛行員自己覺得非常自豪，但是他不知道，他說的每一個字都讓機艙裡的人毛骨悚然。

突然，機艙裡的人非常明顯地感覺到飛機在向上拉。飛機顛簸得更厲害了，彷彿像要散架似的。

「你剛才說已經拉到最高位置了，現在為什麼又要向上？你就不要再拉了！」女記者說話的聲音都變了。地面上訓練的一切，到了空中似乎都不起作用了。

「我們馬上要飛過塞爾維亞人控制的領土上空，這個高度非常危險。」飛行員的神情嚴峻了起來，「剛才我不是說了嗎？昨天我們的另外一架飛機就是在這裡、這個高度被打下去的。那時候我們是兩架飛機一起飛的，他們可能忙不過來；今天就我一架，我得拉高一點兒。」

指揮官表情嚴肅地坐到了副駕駛位置上，一言不發。

地面上果然傳來了槍炮聲，空中也傳來爆炸聲。所有人的目光又不約而同地集中到了 Dr. Lee 臉上。

此時，Dr. Lee 出奇的冷靜。他回憶起在他二十一歲那年，剛從臺灣警官學校畢業，被選派到軍隊服兵役，當時他任少尉。那時，臺海局勢異常嚴峻，戰事一觸即發。從那時起，他對大炮、火箭和機槍的聲音非常敏感。Dr. Lee 瞇起眼睛，全神貫注地傾聽著機艙外傳來的聲音。這時候大家才發現，他的耳朵長得似乎跟別人不一樣。

「右下方像炒豆子似的聲音是高射機槍，左邊才是高射炮的聲音。我們這個高度，高射機槍是打不到的，我們貼著左邊飛。」Dr. Lee 向飛行員和指揮官說出了自己對聲音的判斷。

指揮官不敢相信似的愣了一下，但很快，他就確認了 Dr. Lee 的判斷，命令飛行員按照 Dr. Lee 的指揮：「貼著左邊飛！」同時再次要求大家在自己的位置上坐好。

機艙內頓時鴉雀無聲，每一個人都豎起耳朵，試圖從直升機旋翼葉片轟隆隆的噪音中，分辨出高射機槍和炮彈的聲音。

「看地面！」阿格隆忽然說了一句。

所有人立刻轉頭從機艙的窗戶往下看去，地面上戰火連連。這一看大家更加沉默了，而且又漸生出了更多的恐慌。

麥克．巴登想緩解一下緊張的氣氛，轉身問 Dr. Lee：「你真的不害怕？」

「我真的不害怕。」Dr. Lee 鎮定地回答，「中國有句古話叫作『生死有命，富貴在天』。但是，如果我的死期還沒到，閻王卻派人來索討坐在我身邊的那個人的命，讓我眼睜睜看著他『走』，這樣的事情也是我最不願意看到的。」說著，Dr. Lee向麥克·巴登眨了眨眼睛，自己先笑了。

大家笑了起來，笑聲打破了機艙裡的沉默。

彷彿經歷了半個世紀，直升機終於在搖搖晃晃中到達了目的地。剛一著地，旋翼葉片還在轟隆隆作響，機艙裡所有人就都歡呼起來。還有什麼比與死神擦肩而過更值得慶賀的事情呢！

芭芭拉·沃爾夫和崔西抱在了一起，原來，直升機起飛不久芭芭拉就噁心想吐，一路上都是崔西在照顧她。

很快，前來接應的、戴著綠色貝雷帽的克羅埃西亞特種部隊就出現在眼前了，當地的法醫、工作人員跟所有下飛機的人熱情地擁抱、握手，慶幸剛剛經歷了凶險旅程的聯合國調查組成員安全落地。

第一個從直升機上跳下來的 Dr. Lee，立刻和指揮官打開了地圖，瞭解通往「萬人塚」的道路安全情況。

飛行員摘下了飛行帽，跨出了駕駛艙，原來是一位非常年輕帥氣的克羅埃西亞士兵。因為完成了任務，他娃娃般的臉上掛著掩飾不住的自豪。每一個人都向這位給大家帶來「幸運」的小夥子表示感謝。可小夥子的神情突然有些靦腆起來，拎著飛行帽的手不安地搖晃著，彷彿不知道怎麼放才好。崔西不失時機地舉起攝影機，當鏡頭對著飛行員的時候，他臉上突然出現了一絲調皮可愛的神情，用克羅埃西亞語言說了一句話。阿格隆把飛行員的話翻譯給專家，大家都不相信，認為他翻譯錯了，於是阿格隆笑著讓飛行員自己用英語把剛才的話再說一遍。

終於大家聽到了：「剛才我們的飛行時間，全程三十分鐘。」飛行員說。

「Oh, My God！」幾乎所有人都不敢相信自己的耳朵，只有 Dr. Lee 除外。

指揮官看了一眼正和自己研究地圖的 Dr. Lee，他臉上全是進入工作狀態的專注樣子。在飛機起飛和落地時，他都看見 Dr. Lee 抬起手臂，用手錶記錄時間。他不由得又回憶起剛剛在飛機上，Dr. Lee 對於槍炮聲和爆炸聲的判斷。

「這個人太不尋常了！」指揮官在心裡暗暗地說。

| 在瑞士日內瓦機場集合的聯合國調查小組成員們。

| 聯合國調查小組在往克羅埃西亞的直升機上。

4

DETECTIVE

南斯拉夫戰爭

庫帕瑞斯，位於波士尼亞境內，距克羅埃西亞邊境十二英里。

為確保「聯合國調查小組」專家們的安全，這裡有一塊不大的地方剛剛被劃作了「聯合國軍隊保護區域」，軍用直升機就降落在「保護區」內。雖然做了充分準備，負責「調查小組」安全的指揮官還是不敢掉以輕心，做了精心安排。直升機還沒有降落，幾輛覆蓋著防雨大篷的軍用卡車就已經等在「保護區」裡。卡車四周布置著荷槍實彈的特種兵，這些特種兵將一直保護著「調查小組」完成任務，回到克羅埃西亞首都札格雷布。

「報告長官：請『調查小組』的專家們趕快上車！附近可能埋伏著狙擊手。」一個頭戴貝雷帽、佩戴上尉軍銜的特種兵，見從直升機下來的專家們還在「放鬆心情」地擁抱、聊天慶祝平安降落，著急地小跑步到了指揮官面前。他是地面安全的負責人。

「砰砰……」彷彿是要印證上尉的話，不遠處響起了槍聲。槍聲一響，大家剛剛放鬆下來的心又拎了起來。

「我們是『聯合國調查小組』，難道他們居然敢向我們開槍？」崔西手裡的攝影機閃著小紅燈對著指揮官。

「塞爾維亞軍隊一直想掩蓋他們的罪行，而調查組是來揭露他們罪行的，所以還是謹慎一些好。」阿格隆一邊幫特種兵把調查小組的行李往車上裝，一邊代指揮官回答了崔西的問題。

「哎！那不是我的旅行包嗎？」崔西指著阿格隆手上拎的一件行李，有些驚喜也有些意外。崔西的包都是大名牌，加上她的「母愛」標誌，很容易辨認。

「是啊，我覺得女士的包還是不能少帶，所以，我把我的行李留在了札格雷布，把妳的包帶來了。」阿格隆揚了揚手上的行李包又補充道，「希望妳多多向外界報導塞爾維亞軍隊的罪惡。下面的工作對於妳來說會是非常的……辛苦……妳和我們從事鑑識專業的不一樣，希望妳能堅持下來，克羅埃西亞人民會感謝妳。」很明顯，阿格隆在「……會是非常的……」後面臨時換了詞。

原來阿格隆想說的是，「非常血腥」，或者「非常噁心」，但是他又不希望嚇著崔西。

「你是說下面的工作會嚇著我嗎？」崔西笑著，睜大眼睛看著阿格隆，把紅紅的頭髮向耳朵後面捋了捋。

「我們是來鑑識死者死亡原因和身分的。《日內瓦公約》規定不能屠殺平民，他們不是也敢嗎？大家抓緊時間收拾一下，上車！」Dr. Lee 說話的聲音沒有上尉的那麼急，但是內容和要求都非常清晰。

Dr. Lee 的第一句話，「我們是來鑑識死因和死者身分的」，是糾正阿格隆說的「調查小組是來揭露塞爾維亞軍隊罪惡的」。Dr. Lee理解阿格隆的心情，但是科學家，尤其是鑑識科學家要一切以證據說話，在沒有取得確鑿證據之前，一切結論都不要下得過早。第二句則是對崔西問題的答覆。最後一句話是幫助指揮官提醒大家。

專家們很快收拾好準備上車了。

「兩位女士先上車，你們坐前面，路上卡車會顛簸得很厲害。」看得出來，上尉不是第一次執行這樣的任務。

一條鄉間土路，幾輛覆蓋著防雨大篷的軍用卡車組成的車隊，在特種兵的護送下快速向前駛去。

土路上布滿了大大小小的彈坑，芭芭拉．沃爾夫博士雖然坐在卡車最前邊的位置上，但是她覺得顛簸得比飛機還厲害，她的胃再一次翻江倒海起來。確實，卡車在土路上顛簸和剛剛軍用直升機的顛簸不一樣。軍用直升機在空中是為了躲避炮彈，是搖晃中帶著顛簸。而軍用卡車要駛過路上已經形成的彈坑，有時候遇到彈坑也只能稍微放慢速度。路不夠寬，放慢速度輪子沒了慣性，卡車說不定會掉在坑裡上不來，所以大多數情況下就只能硬生生地原速顛過去。

其他專家雖然沒被卡車顛得七葷八素，但看到沿途村莊被戰火摧毀居然沒有一座倖免，心不僅深深地被刺痛，那令人觸目驚心的慘狀，也讓人有點望而生畏。

和往常一樣，Dr. Lee 坐在卡車的最後位置，眼前的滿目瘡痍、斷壁殘垣，有的村落甚至還在冒著硝煙的情景，使他不得不承認，戰爭殘酷的程度超出了他的預料。雖然有戴著綠色貝雷帽的克羅埃西亞特種部隊在身邊護衛，他對「聯合國調查小組」專家們的安全多少有些安心，但不時傳來的炮彈爆炸聲和炮彈飛過的聲音，又無時無刻不提醒他所身處的境地險象環生。

「接下來等待著他們的會是什麼？也許什麼都不會發生，也許什麼都有可能發生……」充滿挑戰也隱藏著不得而知的危險的未來，讓 Dr. Lee 時刻保持著警惕。

阿格隆看出炮彈爆炸和炮彈飛過的聲音，使專家們心神不寧了。他希望自己能給他們一些安慰和勇氣，但又不知道說什麼，只希望快一點到達目的地。畢竟在路上不確定的因素太多了，到了駐地就會相對安全些。

「Dr. Lee，剛剛在札格雷布，你明明知道那架破直升機帶著『傷』，既飛不高也飛不快，還隨時隨地都有被打下來或者自己掉下來的可能，你為什麼不選擇從地面乘坐卡車？」耐不住一直藏在心裡的疑問，也為了緩解車廂裡的緊張氣氛，麥克．巴登問Dr. Lee。

「是啊，你帶頭上直升機的那一刻，麥克．巴登差一點兒把自己的舌頭咬下來。」賽瑞爾．韋契特賭贏了，調侃著麥克．巴登。

一般情況下，有其他人在場，賽瑞爾．韋契特不怎麼參加麥克．巴登與Dr. Lee的「討論」，現在他加入也希望藉此鬆弛一下大家緊張的情緒。

「你們聽指揮官說了吧，如果從地面上走，必須要穿過塞爾維亞武裝力量占領地，會更加危險。」Dr. Lee的注意力一直放在卡車雨布外的公路上。但是不妨礙他耳朵聽著車廂裡麥克．巴登和賽瑞爾．韋契特兩個人說話。

「要是遇到塞爾維亞共和國軍隊，就由麥克．巴登當我們的代表，說我們是去克羅埃西亞鑑識被你們殺害的無辜平民的屍體，請你們放我們通過。」賽瑞爾．韋契特慢條斯理地「代表」Dr. Lee 回答了可能發生的情況處理辦法。當然這個辦法也是調侃性的。賽瑞爾．韋契特對塞爾維亞的稱呼用了全稱，假設的問題也非常有禮貌地用了「請」字。任何情況下，他都非常「日耳曼」，非常「猶太民族」。

聽賽瑞爾．韋契特代表自己回答問題，Dr. Lee 從車廂外收回目光，點點頭接著說：「他們一定不會放我們過來的。從空中飛過來，我們有可能被打下來，也有可能自己掉下來。但是按照概率分析，也有不被打下來、不自己掉下來的可能。和選擇地面百分之百要穿過塞爾維亞人的領土相比，從空中相對有希望得多。當然還有一種選擇，我們回去。但是聯合國衛生組織捐助的儀器、人道組織的救援物資，尤其是，我們都已經做好了一切準備……」說到這裡 Dr. Lee 伸手拍了拍麥克．巴登的肩膀，「我知道你們也不會放棄。與其從地面走必然會遇到危險，我選擇了從空中搏一搏。我做這樣的選擇還有一個原因，就是你們都是專家，還有兩位女士，如果你們全部都受過特種兵訓練，也許我會選擇從地面通過，那就要有所準備。」說著 Dr. Lee 做了一個舉槍射擊的動作。即使在卡車顛簸的情況下，Dr. Lee 的動作還是那麼標準，乾淨俐落。

而且在麥克．巴登眼裡，Dr. Lee的動作還充滿了帥氣：「希望我們不要真的遇到狙擊手。Dr. Lee，你是警察，彈道研究是你的特長，你認為我們車上什麼位置最不安全？」

麥克．巴登十分佩服自己的搭檔，同時也為自己是「三劍客」之一的身分自豪。

「這裡已經屬於波士尼亞，出去以後是克羅埃西亞的領土，至少不是公開屬於塞爾維亞武裝力量的管轄區，所以相對是安全的。」阿格隆終於有了安慰專家們的機會。

「即便有人要襲擊我們，光天化日之下，也不會有大規模的軍事行動，應該是派狙擊手。而如果有狙擊手，這裡的民族驍勇善戰，我們在明處、狙擊手在暗處，你的腦袋這麼大，那麼你坐在哪裡，哪裡的位置就最不安全。」賽瑞爾．韋契特參加過二戰，他的分析和表述非常有見地。

「韋契特博士，你不要嚇唬巴登博士。他的新女朋友還等他回去呢。」三個人的討論引發了車廂裡善意的笑聲。

笑聲未落，就聽到了爆炸的聲音，車裡的氣氛瞬間又緊張起來。「這是流彈和地雷爆炸的聲音，麥克．巴登你不要擔心。不過，賽瑞爾．韋契特說得也非常有道理，你的大腦袋是狙擊手最好的目標。當然阿格隆的任務就是專門保護你的腦袋的，因為那裡面都是智慧，是我們的智慧寶庫。」Dr. Lee的結束語，讓大家更加開心地笑了起來。

同樣是科學家、法庭專家，Dr. Lee的豐富經歷和經驗，尤其是他在直升機上顯示出來的軍事經驗，是「三劍客」中另外兩位專家無法比擬的，所以此時此刻他的話也是調查小組的定海神針。

突然，卡車沒有絲毫預兆的一個急剎車，猛地在路中間停了下來。強大的慣性讓車廂裡的人都失去了平衡。

兩位女士重重地撞到了車幫上，情不自禁地發出了尖叫。

「前面有情況，大家不要出聲！」駕駛室傳來上尉短促有力的警告聲，與此同時也傳來了「咔嚓」一聲金屬的撞擊聲。這是拉開槍栓、子彈上膛的聲音。

車廂裡所有人的注意力都集中到了駕駛室那扇小得不能再小的窗戶上。只有Dr. Lee將身體側貼著車幫，用兩個手指頭輕輕地撩起卡車的篷布向外看去。

只見從保護他們的卡車上跳下來兩隊荷槍實彈的特種兵，一隊迅速分頭衝到了調查小組的卡車兩邊，背對著卡車布了崗，另一隊迂迴到車前。

一輛車頂上罩著偽裝防護網的軍用吉普，擱在了調查小組的卡車前。

巴爾幹半島地區每一個民族的人都驍勇善戰，原因是這個地區有史以來就戰火不斷。

一九一八年，第一次世界大戰結束，德國、保加利亞、奧匈帝國和奧斯曼帝國潰敗。塞爾維亞、克羅埃西亞和斯洛維尼亞迅速成立了一個聯盟——「塞爾維亞人、克羅埃西亞人和斯洛維尼亞人王國」。十年之後，亞歷山大一世將其更名為南斯拉夫王國，以抑制分裂分子的情緒，但這裡從來就不缺少勇士，他最終還是失敗了，在法國馬賽被一名馬其頓革命黨人刺殺身亡。

一九四一年第二次世界大戰時期，軸心國（德國、義大利、匈牙利和保加利亞）向南斯拉夫王國發動全面進攻，並迅速占領了它。超過三十萬南斯拉夫士兵被捕入獄，德義軸心國在此建立了納粹的傀儡國家——克羅埃西亞獨立王國。同時，這裡也成了反法西斯主義者、共產主義者、塞爾維亞人、猶太人和吉普賽人的集中營。但是更多的抵抗組織如雨後春筍般湧現，由切特尼克——支持南斯拉夫王國政府的南斯拉夫人（主要是塞爾維亞人），組成的著名的二戰時期的抵抗力量，後來成了美國軍隊在歐洲的盟軍；由克羅埃西亞人約瑟普．鐵托領導的共產主義者組成了南斯拉夫民族解放軍。隨著切特尼克游擊行動在塞爾維亞的蓬勃發展，納粹德軍對平民展開了瘋狂的報復。德國人為了鉗制游擊行動，使用了每殺死一個德國國防軍士兵就要有一百個塞爾維亞平民償命，每打傷一個德軍則要五十個平民償命的殘忍懲罰措施。

儘管損失異常慘重，但是南斯拉夫民族解放軍依然在繼續戰鬥。其中大部分是住在波士尼亞和克羅埃西亞的塞爾維亞人，還有一小部分是猶太人和吉卜賽人。他們以一百七十萬條生命傷亡為代價，給了侵略者沉重的打擊。

一九四四年，已發展到近百萬人的南斯拉夫民族解放軍與蘇聯紅軍配合，解放了貝爾格勒，將軸心國軍隊趕出了塞爾維亞。貝爾格勒戰役結束後，蘇聯紅軍撤軍回國。一九四五年，南斯拉夫的其他地區也得到了解放。新的南斯拉夫聯邦人民共和國宣告成立，定都貝爾格勒。

一切噩夢彷彿都是從一個叫斯洛波丹．米洛塞維奇的人開始的。米洛塞維奇曾就讀於貝爾格勒大學法律系，畢業後成了一名成功的商人和銀行家。這期間，他一直蟄伏著等待時機。直到一九八四年，米洛塞維奇成了貝爾格勒市的共產黨領袖。三年之後，他又成了塞爾維亞南共聯盟總書記，在此期間，他轉向塞爾維亞民族主義。這段時期也是他的幸運期，隨著柏林牆的倒塌和蘇聯解體，塞爾維亞民族主義的風頭日益強勁。憑藉其獨特的平民主義風格和宣導的社會主義政策，米洛塞維奇在黨內選舉中贏得了成千上萬人的支持。他在科索沃平息了一場阿爾巴尼亞礦工的罷工，穩定了當地塞爾維亞人的情緒，一夜之間就成了塞爾維亞人的英雄。在為此舉辦的那場著名的電視演講中，他對憤怒的塞爾維亞民眾說：「以後你們再也不會受欺負了！」

事實上，塞爾維亞人當時在科索沃基本上不會被欺負，但這樣的態度和言論對當地的塞爾維亞人來說還是很受用——飽含歷史冤屈的八百萬塞爾維亞人需要這樣一個強硬的角色來維護他們的歷史地位。一九九八年，米洛塞維奇取代了科索沃和佛伊弗迪納原政黨領袖的地位，並於一年以後當選為塞爾維亞總統。

在紀念科索沃戰爭（中世紀，塞爾維亞王國曾被奧斯曼土耳其人攻占）六百周年的儀式上，米洛塞維奇在當年的戰爭發生地科索沃普奧傑主持了一個龐大的集會，有超過一百萬的塞爾維亞人參加。會後，他所做的第一件事就是廢除了科索沃的自治權，並對其進行了軍事管制。塞爾維亞民族主義從此開始大行其道。科索沃的阿爾巴尼亞人喪失了對科索沃的行政控制權，他們開始紛紛失業，學校被關閉，甚至被剝奪了到公立醫院看病的權利。這場運動使得巴爾幹半島南部地區陷入了長達十年的黑暗之中。米洛塞維奇和其他的塞爾維亞極端民族主義者掀起了一場推行「大塞爾維亞主義」的運動，他們要對所有非塞爾維亞人進行滅絕性屠殺——美其名曰「種族清洗」，旨在使全體塞爾維亞人生活在一個統一的國家。

在米洛塞維奇執政期間，反對進行政治、經濟改革，拒絕多黨選舉和現代聯邦政策。顯然，他想廢除聯邦制，而南斯拉夫聯邦也的確沒能支撐太長的時間。日趨緊張的局勢最終導致克羅埃西亞和斯洛維尼亞在一九九一年宣布獨立，克羅埃西亞人和穆斯林也於一九九一年從波士尼亞和赫塞哥維納脫離。隨後，米洛塞維奇支持塞爾維亞叛亂者發動了一場持續三年的內戰。

就在「聯合國調查小組」此時此刻停車的地方，前不久還被塞爾維亞軍隊占領過。

實際上只有幾分鐘，但車廂裡的人覺得彷彿過了半個世紀。

「沒事了，是自己人！」上尉的聲音讓大家的呼吸和心跳瞬間恢復了正常。

了。

此時，從擱在專家小組車頭前的軍用吉普車上下來一個人，然後軍用吉普車掉頭開走

車隊又繼續顛簸著前進。

「聯合國調查小組」的卡車上多了一個人。他是克羅埃西亞總統的代表，人類學家安東尼·洛維克（Dr. Anthony Long Week）博士。安東尼·洛維克博士也是阿格隆的老師，他特地從札格雷布來這裡等候 Dr. Lee 和他的「聯合國調查小組」。只是他上車的方式實在令人吃驚不小，尤其是在這種特殊時期，又在塞爾維亞、克羅埃西亞、波士尼亞軍事力量犬牙交錯的地區。

在顛簸的車廂裡，按照「客人有優先知情權」的國際禮儀，阿格隆首先向 Dr. Lee 介

紹了自己的老師，Dr. Lee 也向安東尼．洛維克博士逐一介紹了調查小組的全體成員。幾乎沒有多餘的寒暄，他們就馬上在顛簸的車廂裡開始工作了。

安東尼．洛維克博士向 Dr. Lee 和調查小組介紹克羅埃西亞。

克羅埃西亞，全名克羅埃西亞共和國。位於歐洲東南部，西臨亞得里亞海，在巴爾幹半島西北部和潘諾尼亞平原的交界處，是前南斯拉夫六個加盟共和國之一。克羅埃西亞共和國領土面積五萬六千五百九十四平方公里，人口約四百二十八萬。採行議會共和制，行政區劃分為二十個縣。亞得里亞海海岸有一千多座島嶼。氣候多樣，以大陸性氣候及地中海型氣候為主。克羅埃西亞大多數為克羅埃西亞人，主要宗教信仰為天主教，克羅埃西亞在一九九一年從南斯拉夫社會主義聯邦共和國宣布獨立。

可能因為安東尼．洛維克博士是科學家的緣故，他又著重向專家們介紹了克羅埃西亞的文化。

克羅埃西亞和塞爾維亞、斯洛維尼亞、波士尼亞一樣，有著自己傳統的民族文化和藝術。因為領土面積大部分是島嶼和分散的村落，克羅埃西亞的大量傳統文化藝術品都集中在了首都札格雷布。位於羅斯福廣場（Roosevelt Square）的米馬拉博物館主要展示米馬拉的藝術收藏。米馬拉博物館是克羅埃西亞國內最著名的藝術博物館，館內收藏著幾千件不同時期的藝術品，其中有上千件為博物館的永久性展品。這些作品從史前到二十世紀，全面而具有代表性地涵蓋了克羅埃西亞各個歷史時期的藝術成就。博物館裡，文藝復興時期義大利著名畫家拉斐爾（Raphael Sanzio）的作品、威尼斯畫派畫家吉奧喬尼（Giorgione）的作品蜚聲海內外。

同樣讓克羅埃西亞自豪的，是建立於一八八九年、坐落在札格雷布市中心的植物園。植物園占地四．七公頃，高於海平面一百二十公尺，是札格雷布大學的一部分。它種植著世界各地的喬木和灌木一萬多株，其中一部分是從國外遠道而來。而最年輕的克羅埃西亞素人藝術博物館，雖然建立於一九五二年，卻是克羅埃西亞最大、最現代化的當代藝術博物館。博物館收藏著大量克羅埃西亞藝術家的作品。油畫、印刷品、版畫、攝影、雕塑和電影拷貝、媒介藝術，充分體現了克羅埃西亞與世界同步的發展狀況。而且，世界上唯一一本以亞麻布為載體，講述伊特魯利亞人歷史的《亞麻書》，就收藏在札格雷布考古博物館。

這些博物館為克羅埃西亞收藏著、記錄著歷史。而每一件靈魂之作都凝聚著藝術家的智慧和汗水，講述著一個個扣人心弦的故事。

Dr. Lee 認真聽著安東尼．洛維克博士的介紹，他明白，安東尼．洛維克博士之所以要這麼細緻入微地介紹克羅埃西亞的地理和文化，是希望「聯合國調查小組」的專家們，能夠體會克羅埃西亞人對自己民族、自己文化的感情，能夠感受像他一樣的克羅埃西亞人對自己文化的熱愛，說明他們爭取克羅埃西亞地區的和平穩定。

安東尼·洛維克博士在Dr. Lee注視自己的目光中找到了理解。

是的，一場來自塞爾維亞的「種族清洗」讓每一個克羅埃西亞人感受到了前所未有的恐怖，他們為自己民族的生存擔憂。安東尼·洛維克博士不希望克羅埃西亞曾經有過的輝煌，未來只能在博物館看到，甚至連博物館也像眼前的村落一樣，被塞爾維亞軍隊摧毀。為了千千萬萬個克羅埃西亞人在地球上生存的權利，為了民族的未來，他支持自己的學生阿格隆在國際社會呼籲輿論關注，又動用了阿格隆的老師，卓越的「國際神探」Dr. Lee的聲譽，促成了聯合國派出調查小組，到克羅埃西亞鑑識「萬人塚」死者的身分，有朝一日把劊子手以戰爭罪送上審判台。

「戰火最初是從波士尼亞燃燒起來的。塞爾維亞軍隊進入波士尼亞燒殺搶掠。我們不能眼看著鄰居被欺負，其實波士尼亞人，包括塞爾維亞人，我們曾經都是那麼好的『一家人』。」安東尼．洛維克博士說，「歐洲有過血的教訓。當年，希特勒也是使用這種手段，他每入侵一個國家，都會向這個國家的鄰國宣布，『這是我對別國領土的最後一次要求。』所以整個歐洲以難以想像的速度落入了法西斯的魔掌。而現在塞爾維亞軍隊又想故技重施，克羅埃西亞人決不能袖手旁觀。而且我們相信，塞爾維亞人『清洗』完了波士尼亞人以後，一定會向克羅埃西亞人舉起屠刀。就像西方流傳的那個故事所說的，如果我們在劊子手向我們的朋友揮起屠刀時不聞不問，那麼屠刀下的下一個頭顱就是我們自己的。

「我們為波士尼亞引來了殺身之禍。當時的情況非常危急，如果不是國際社會的關注，不是北約軍事力量的打擊，塞爾維亞軍隊很快就會越過山頭，攻克我們的首都。我們整個克羅埃西亞共和國也會淪陷。」

安東尼．洛維克博士的介紹，讓調查小組的成員暫時忘記了身在顛簸的車廂裡，忘記了周圍可能遇到的危險。

「我們想瞭解一下我們的工作環境。我們的儀器設備和救援物資到了嗎？」卡車的劇烈顛簸造成的震盪使芭芭拉．沃爾夫博士臉色蒼白，她控制著一陣陣的胃痛問安東尼．洛維克博士。

「儀器設備和救援物資今天夜裡到。只是，專家們恐怕將要在非常惡劣的環境下工作。那裡遠離城市，村落也已經夷為平地，生活設施幾乎沒有。『萬人塚』的挖掘才剛剛開始，而且進行得特別不順利。塞爾維亞軍隊為了掩蓋罪行，在通往『萬人塚』的道路上和『萬人塚』上面都埋了地雷。據說屍體裡也埋藏著地雷和手榴彈。」安東尼．洛維克博士一邊說，一邊用特別抱歉的目光看著大家。

5

DETECTIVE

萬人塚

空氣中瀰漫著屍體腐爛的惡臭，目光所及之處雜草叢生，一片荒涼，更遠處是毫無生息，布滿殘垣斷壁的村莊。

這是「聯合國調查小組」即將開始工作的第一個工作現場。

附近有一個軍用驗屍房，原來是準備為在戰爭中喪生的士兵驗屍用的，現在要用來當作挖掘出來的屍骸的臨時停放處。緊挨著軍用驗屍房新建了幾間臨時建築，這是DNA實驗室。裡面架設著這一次調查小組帶來的聯合國人道組織捐贈的儀器設備。在離實驗室和驗屍房不遠的空地上，搭起了十幾頂噴著國際紅十字會標誌的帳篷。這些帳篷一部分用於聯合國小組專家們的臨時住宿，還有一部分是為遠道而來尋找失蹤親人的家屬準備的。

作為「聯合國調查小組」的負責人，Dr. Lee在阿格隆的陪同下，和安東尼．洛維克博士一起仔細地檢查著屍體解剖室和DNA實驗室的準備工作。安東尼．洛維克博士一再為無法替「聯合國調查小組」提供更好的工作條件而抱歉。Dr. Lee卻告訴安東尼．洛維克博士，他不是第一次在這樣的條件下工作了。以前，一般都是在「萬人塚」旁邊臨時搭建一個驗屍台，能像這樣提供一個軍用驗屍房和DNA實驗室給調查組，已經是一件很奢侈的事情了。現在要考慮的是挖掘屍體的工作怎麼開展，鑑識結果會如何，接下來他們將要進行的工作困難重重。

阿格隆以學生身分邀請他的美國老師，有著「國際神探」、「現場重建之王」聲譽的Dr. Lee為主的「三劍客」組成「聯合國調查小組」，到克羅埃西亞來為「萬人塚」屍體鑑識死亡原因及身分，有幾方面原因：一方面是借助他們的國際聲譽，因為他們的調查報告在國際法庭上最具有證明力；另一方面，克羅埃西亞現在十分迫切地需要有一位經驗豐富的專家指導他們進行工作。而Dr. Lee是這方面最合適的人選。還有就是，經過戰爭，克羅埃西亞現在百廢待舉，科研工作停滯和科學家的斷層尤其厲害，急需儘快重新恢復起來。所以，當聯合國調查小組安全降落在聯合國安全區，安東尼．洛維克博士向總統作彙報時，總統在電話中一再提醒他，要不惜一切代價和Dr. Lee達成協議。必要時他自己也可以飛過來親自向Dr. Lee求助。這也是安東尼．洛維克博士沒有即時趕在軍用直升機降落在「聯合國安全區」之前去等待調查小組的專家，而是在半道上迎候他們的原因。

「我們能不能現在就到現場觀察一下?」Dr. Lee問。在他看來，任何時候，現場都是第一重要的。在美國，即使當了鑑識中心主任、警政廳長，遇到重大案件，他還是經常以最快的速度出現在現場。

「老師要去當然可以，但是今天可能只能遠距離觀察，因為……」阿格隆有些為難地看了看Dr. Lee，又看著安東尼．洛維克博士。

「既然 Dr. Lee 要去現場，阿格隆你就快去通知上尉隊長，讓他先帶特警隊把附近搜索一下。如果指揮官還沒有走，請他也帶一些人過來支援，確保調查小組專家們的安全。」安東尼．洛維克博士指示阿格隆。

「那，老師你們最好能晚半小時再出發。」阿格隆說著就去安排了。阿格隆知道，越到了要開展工作的時候，Dr. Lee 和「聯合國調查小組」專家的安全越要盡可能做到萬無一失地保障。

半小時以後，Dr. Lee 集合了調查小組的成員，乘車來到離「萬人塚」不遠的一個小山丘上。

安東尼．洛維克博士指著不遠處一大片看不到頭的、荒草叢生的亂山崗，告訴「聯合國調查小組」的專家們，那裡就是「萬人塚」了。安東尼．洛維克博士說，知道調查小組的時間特別緊，克羅埃西亞方面原來計畫在他們來之前，把一部分屍體先清理出來，這樣專家來了以後就可以立刻開始鑑識工作。但是挖掘工作剛剛開始就不得不停下來，因為塞爾維亞軍隊在「萬人塚」周圍埋了地雷。

「工作人員只進行了試探性的挖掘，就已經造成了不小的傷亡。現在他們只能做一些前期準備工作。」安東尼・洛維克博士說。

阿格隆也說：「我們在這方面幾乎沒有任何經驗，不僅挖掘無法進行，同時，這裡離村莊比較遠，屍體挖出來之後的處理，用什麼方法能夠儘快鑑識死亡原因，同時找到死者的親屬，以確認他們的身分，也是一籌莫展。」阿格隆是Dr. Lee的學生，這一方面的工作是由他負責的。這樣的話由他來說比較合適。

雖然對「萬人塚」附近有地雷有心理準備，但果真聽到挖掘工作中有人被炸傷，傷亡還不小，專家小組也立刻覺得問題有些棘手。

一群人看著遠處荒涼的亂山崗，為怎麼解決地雷問題面面相覷。他們只是科學家，主要的工作是鑑識，而不是挖掘。但是如果不能把屍體挖出來，鑑識就無從談起。想到所乘的軍用直升機險些被擊落，想到顛簸不已的軍用卡車好不容易排除了千難萬險到了現場，可是卻不能挖掘，大家都有些不甘心，難道……

這時，一隻動物從芭芭拉．沃爾夫博士腳下的草叢中鑽了出來，嚇了她一跳。原來是一條狗，只是牠毛髮蓬亂、骨瘦嶙峋。奇怪的是，這條狗看上去並不怎麼害怕他們，甚至牠都有些不想離開芭芭拉．沃爾夫。邁克爾博士向狗跺了跺腳，彎腰撿起一小塊土塊向狗扔去，狗嚇得跑了幾步，又停下來，站在不遠的地方看著芭芭拉．沃爾夫博士。

「看我的！」麥克．巴登說著，撿起一塊更大的土塊準確地砸到了狗身上。「嗷……」狗淒慘地叫了一聲，驚恐地躥了出去。突然，「轟隆」一聲，狗被炸碎了，屍體碎片在揚起的塵土中，被拋得老高又落回到地上。這一切完整無遺地呈現在所有人面前。

「那是什麼？怎麼回事？」芭芭拉．沃爾夫博士驚魂未定，手指著狗被炸死的地方，聲音都顫抖起來了。

「那就是『萬人塚』，野狗碰上了地雷了。」阿格隆指著硝煙未散的地方說。

賽瑞爾．韋契特看了看爆炸的地方，又看了看麥克．巴登，說：「如果僅僅是野狗自身的重量，不足以引起地雷爆炸，是因為加上了你的土塊重量，地雷才炸響了，所以這條野狗的不幸死亡，帳要算在你頭上，每一條生命都是無辜的。當然，你的貢獻是完成了一個實驗，體重太重在這裡風險極大，甚至可以說是非常危險。」

聽上去有根有據，賽瑞爾．韋契特對剛才的「爆炸事件」做了科學性結論。

「你的結論證據不足，法庭不予採納。」麥克．巴登不動聲色地雙手十指交叉放在腹部上，侃侃而談：「第一，我的土塊是砸到了野狗身上，起到的僅僅是驚嚇作用，而沒有增加狗的體重。第二，這條野狗第一次受到邁克爾博士的打擊以後，雖然離開了，但居然沒有走遠，可見是對我們漂亮的芭芭拉．沃爾夫博士懷有企圖。在這種危險的情況下，紳士是不能袖手旁觀的。還有……」

看到賽瑞爾．韋契特打算開口反駁，麥克．巴登鬆開交叉的雙手，豎起右手的食指輕輕地對賽瑞爾．韋契特搖了搖，接著說，「從心理學上來判斷，對於被打擊對象來說，因為第一次打擊不力，很有可能會激發牠更加強烈的反抗。所以再次打擊必須加大打擊力，以確保安全。」

兩位科學家的對話對女記者崔西來說，簡直是一堂生動的物理課，兼精彩的法庭辯論，她後悔只顧著拍照，而沒有把他們的表情錄下來。但是幾天相處下來，她知道這一場「法庭辯論」的最終裁決者是誰，所以，她打開攝影機鏡頭對準了 Dr. Lee。

果然，Dr. Lee 開口了。

Dr. Lee 說：「通常情況下，狗如果沒有主人在旁邊是害怕陌生人的，尤其是我們這麼多人在一起。之所以牠沒有離我們太遠，原因是，第一，這是一條母狗，附近一定有牠剛出生不久的小狗；第二，雖然牠現在形象非常糟糕，但是我看得出，牠是一條拉布拉多，所以這條狗以前一定是有主人的，而且女主人很有可能和我們的芭芭拉．沃爾夫博士長得有幾分相像，或者她衣服上有牠熟悉的香水味或者動物的氣味。芭芭拉．沃爾夫博士，不好意思，問妳一個私人問題，妳可以不回答，請問妳家裡養狗嗎？」

芭芭拉．沃爾夫博士向 Dr. Lee 點點頭：「我養的也是拉布拉多。」

芭芭拉．沃爾夫博士一直單身，一隻拉布拉多被她當作許多年的好朋友。

接著，兩位特種兵在上尉的示意下，搜索了附近的草叢，果然發現了兩條剛出生不久的小狗。

這下，所有人都被 Dr. Lee 的分析驚呆了，只有賽瑞爾．韋契特一臉未卜先知的表情看著 Dr. Lee，不停地點頭。崔西的攝影機即時錄下了所有人驚訝的表情。當她把鏡頭轉向賽瑞爾．韋契特時，賽瑞爾．韋契特用眼神示意她，繼續去拍攝 Dr. Lee。因為賽瑞爾．韋契特知道，Dr. Lee 的分析還沒有結束。

於是，崔西趕緊又調轉鏡頭對著 Dr. Lee。

「從物理學上分析，土塊雖然不增加被打擊對象自身的重量，但是由於驚嚇，被打擊對象奔跑速度的加快，可能是引起引線手榴彈爆炸的原因之一。哦，稍微解釋一下我的判斷，爆炸的也許不是地雷，而是手榴彈。」

Dr. Lee 沒有讓崔西的攝影機白等，他看了麥克．巴登一眼，抬起腳先輕輕地走了兩步，然後又跺著腳重重地走了兩步。輕走的時候，地面上沒有任何反應；重重的兩步，腳下立刻揚起塵土。這樣的現場試驗結果，連麥克．巴登也只有點頭的份了。

「萬人塚」附近埋著地雷，鑑識工作受阻，大家的心情已經不好了；現在看著剛出生不久的小狗沒了媽媽，所有人的心裡就更加不是滋味，尤其是芭芭拉．沃爾夫博士，她一手抱起了一隻小狗。

「不必悲傷，也不必譴責誰，世界上任何事情的發生都有它的原因和道理。這隻狗之所以流落到這裡，我猜想應該是牠的主人就在『萬人塚』裡，或者牠曾經眼睜睜地看著牠的主人在這裡被槍殺；或者牠的主人在其他地方被害，牠追著主人的屍體跟到了這裡。與其讓牠在這裡痴痴的、痛苦的等待根本不可能再出現的主人，倒不如讓牠隨主人一起走了。同時，牠也以牠的生命為代價，提醒我們那裡埋著地雷。那顆地雷如果不被狗引爆，受傷的也許是我們中間的一位。就算是牠為我們做的最後一點犧牲吧。」Dr. Lee 看出來專家們的情緒有些低落，寬慰大家。

「狗是人類最好的朋友，願小狗的媽媽和牠的主人一起升入天堂吧。」崔西及時把攝影機鏡頭對準了還沒有睜開眼睛的小狗，為這一段影片配上了旁白，作為結束語。

「崔西將來一定是位出色的記者。」Dr. Lee 的這句話並沒有說出口，他只是看了崔西一眼，用眼神傳達著這樣的資訊。崔西這幾天和他們一樣克服著種種困難，記錄「調查小組」的工作，同時，還不忘照顧芭芭拉．沃爾夫博士。「一個漂亮聰明，出生在非常富有的家庭卻沒有『嬌驕』二氣的女孩子，這樣努力，必定會有出息。」Dr. Lee 看人的眼光向來很準確。

「按照人權法，造成了傷害是要有補償的，請允許麥克．巴登先生對已故打擊對象的遺孤盡撫養責任。」邁克爾博士發表了意見，「當然，作為第一實施打擊方案的本人，雖然沒有造成最終傷害，但也有不可推卸之責任。所以『遺孤』將來如果進入高等學校接受教育，產生的教育費用本人自願承擔一部分。如果麥克．巴登先生發生財務危機，或者其他不可抗力的意外，本人或許可以承擔全部費用。」

邁克爾博士略帶調侃，但邏輯嚴謹、措辭得當的演講讓大家的情緒輕鬆了許多。

麥克．巴登的臉色卻出奇地嚴肅起來。他看了看小狗，又看了看不遠處的「萬人塚」，沉思片刻以後，認真對 Dr. Lee 說：「Dr. Lee，你是不是給我們上個課，怎樣避免被地雷或者手榴彈炸了？」說著，他又看了看賽瑞爾．韋契特。賽瑞爾．韋契特也贊同地連連點頭。

離開美國以來，兩個人第一次意見完全統一。他們知道 Dr. Lee 有這樣的知識和能力。三個人搭檔了很多年，私下裡，他們也一直奇怪，這個中國人為什麼能無所不知、無所不能，尤其是軍事方面的知識，是一般科學家根本無法具備的。而且，這麼多年，Dr. Lee 從不讓他們失望，這也是他們不得不心服口服的原因。每每他們兩個人討論到這個問題時，賽瑞爾．韋契特總是用這樣一句話代表他的意見，也總是用這句話做總結：「所以是他擔任警政廳的廳長，而不是你和我。」

「好吧，因為回去以後我們每一位專家還有大量的準備工作要做，目前情況特殊，我就在這裡給大家講講怎樣避免受到地雷和手榴彈等的傷害吧。這方面的問題，現場教學比較直觀，你們也容易接受。我先從簡單的地雷知識分析開始。」

於是，Dr. Lee 指著前面的「萬人塚」開始現場教學：

「地雷因為埋在地下，是一個非常危險的隱患。因為它所具有的威力巨大，稍不注意就會造成極大的傷害。但是只要細心，還是能夠發現埋地雷的蛛絲馬跡的。首先，在進入現場之前，應該仔細觀察地面。比如，原來有草的地方，突然草沒有了，或者枯了，甚至顏色不一樣了；或者，那個地方的土高出了地面或者凹了下去，都值得我們注意。一句話，只要出現反常現象，就應該引起大家的高度警惕。

「另外，還要分析埋地雷人的心理。埋地雷是為了不讓其他人靠近目標，所以一般會在入口和出口，或者最接近目標的地方。再就是要瞭解地雷的種類，有些地雷踩上去就會爆炸，有些地雷則抬起腳才會爆炸，有些呢，會和其他的地雷連在一起，踩一顆炸一串。這種地雷一般是用來阻止近距離搜索的，會橫著排雷，炸的時候也是左右連在一起炸。還有些地雷是前面走過去後面爆炸。除了地雷，引線手榴彈的傷害也比較大。它通常掛在兩根枝條中間，人或動物走過絆著引線，就會引起爆炸。大家如果看到草叢中有小樹枝，就要特別小心謹慎了。」

聽到這裡，所有人的目光立刻像雷射般掃向草叢。

「這裡還牽扯到當時這支隊伍所用武器裝備的來源。」Dr. Lee當作沒有看到大家的反應，繼續說道，「比如，是德國造還是俄羅斯造？或者是當地的土造？如果是當地的土造，應該是踏上去就爆炸，或者抬腳就炸。因為延時爆炸需要一個裝置，他們匆匆忙忙的，應該沒有這個準備。」

Dr. Lee專業、細緻，有實踐經驗，又有科學理論，深入淺出的教學，短短的時間就讓包括上尉隊長和指揮官在內的所有人，瞭解關於怎樣避免地雷以及手榴彈造成傷害的知識。

「我們沒有時間做這麼多的瞭解了呀！」芭芭拉．沃爾夫博士說。剛才兩條小狗媽媽的死，使得她一直心有餘悸又不安。她說這句話的時候，眼睛是看著麥克．巴登的。他希望他能向Dr. Lee提出問題。麥克．巴登紳士風度十足，帶著安慰的微笑對芭芭拉博士說：「妳不要著急，我相信Dr. Lee已經有答案了，而且還有了措施。」

「三劍客」的默契，不是虛傳。

「是的，我們不需要做這麼多的瞭解。」Dr. Lee接著麥克．巴登的話說：「前面講的只是普及一下地雷，以及手榴彈引爆的知識，是知其所以然的知識，現在將結果告訴大家……」

「太神奇了！他怎麼會知道得這麼多？真不愧是名副其實的國際神探！」安東尼．洛維克博士反覆思考著Dr. Lee的分析，在心裡讚歎不已，情不自禁地連連點頭。他想起來總統的最後一句話：「必要的時候，我自己去……」

安東尼．洛維克博士非常想更瞭解 Dr. Lee。他的學生阿格隆從美國學習歸來，很多方面都有了突飛猛進的進步，尤其在專業知識方面。這讓他這個老師心情特別複雜：一方面，對自己學生的進步感到欣慰；另一方面，雖然他從不懷疑學生對 Dr. Lee 的介紹，但是因為他沒有直接接觸過，所以心裡總覺得裡面有年輕人崇拜老師的成分。但今天的親眼所見、親耳所聽，讓他不但從心裡否定了自己的懷疑，而且對 Dr. Lee 充滿了欽佩，慢慢地，欽佩又變成了崇拜。他希望在這幾天裡能夠從 Dr. Lee 那裡學到更多的知識，也圓滿地完成總統的計畫。

「我不會讓你親自來的。」安東尼．洛維克博士心裡默默地對總統表示。

「從剛才那條狗的情況分析來看，這裡的地雷應該大部分是踩上去就炸和引線手榴彈那種，應該是當地製造。這種地雷殺傷力不大，造成的危害當然也不會太大。所以我建議，由專業人員進入現場，先分析出現反常現象的地方，進行個別引爆，然後再大面積挖掘。進入現場時大家都注意腳步，更要注意草叢中有地雷引線手榴彈，當然由體重較重的人走在前面，後面的人會比較安全。」

Dr. Lee的現場教學課結束了，後面的話大家都知道是他半開玩笑。能夠在死亡籠罩的此時此刻有條不紊地布置工作，舉重若輕地化解壓力，詼諧輕鬆地調整整個團隊的情緒，僅僅這幾點就不是普通人所能達到的境界。

「進場前的掃雷引爆工作由我們特種部隊完成。」上尉說完，馬上看著指揮官。

「請專家們回去討論吧。我們所在的位置太高，周圍雖然已經進行過搜索，但還是存在危險。另外，各位專家平時也要多注意安全。對於『聯合國調查小組』的到來，克羅埃西亞方面一直封鎖消息，但是因為要為屍體做DNA鑑定，最近這裡來了不少尋找親屬的難民，所以情況就變得比較複雜起來。大家小心為妙。」指揮官即時提醒大家說。

指揮官已經完成了護送任務，原計劃今天回戰鬥部隊。但是安東尼·洛維克博士是總統的特使，他的要求代表總統，所以指揮官今天又留下了。

「即使地面掃雷工作進行得再好，挖開了『萬人塚』，屍體中也可能還會有地雷和手榴彈，有什麼方法能避免？」回去的路上賽瑞爾．韋契特繼續問 Dr. Lee。他是個特別嚴謹的人，對任何事情都要瞭解得清清楚楚。

「我有辦法！」

「你？崔西？」

車廂裡的人都看著崔西。每次她都會坐在最前面，這樣才有機會捕捉到一些珍貴的照片和鏡頭。她聽到賽瑞爾．韋契特問 Dr. Lee 的問題，突然想開個玩笑。在大家驚奇的目光中，崔西慢慢轉過頭，對著大家默默地閉上眼睛，合起雙手煞有介事地說：「祈禱吧！」

合情合理，但不解決問題，大家都被她逗笑了，但笑過以後又都沉默了。是啊！危險無處不在。戰爭不就是在製造災難和危險嗎？而那些無辜的人，那些躺在「萬人塚」中沒有了姓名、沒有了親人的一具具屍骸，他們何罪之有，要遭此塗炭？他們活著的時候何嘗不是每天都在祈禱？在最無助的時刻，也許祈禱是他們唯一能做的努力了。

十月的克羅埃西亞已經是深秋了，路邊長得很高的一叢叢枯黃的茅草，在風中無力地被扯來扯去，顯得那麼的肅殺。僅有的幾棵樹，經歷了炮火的創傷也傷痕累累，枝幹上不肯落下的幾片樹葉在風中顫抖著。樹大概也在慢慢修復中，希望來年長得更好一些。

眼前的一切，使每個人心裡的滋味都難以言表。

所謂「萬人塚」，是一種帶有些許文學性和情感性的表達，跟中國詩歌中說的「萬骨枯」有點類似，一般是指埋葬無辜者的數量比較多或超過一定程度，而在克羅埃西亞，「聯合國調查小組」將要進行屍體調查鑑識的，卻是一個真正科學和法律意義上的「萬人塚」。他們的鑑識，對克羅埃西亞，對整個巴爾幹半島地區的局勢，甚至戰爭能否迅速結束，以什麼樣的方式結束，都將起到至關重要的作用。

剛才他們觀察的這個「萬人塚」，是根據衛星拍攝到的塞爾維亞軍隊的一次奇怪行動推斷出來的。照片顯示，在一個夏初之際，塞爾維亞軍隊占領了離這裡不遠的一個小鎮以後，接連很多天做著同一件事情，就是將平民趕至小鎮的一座廢棄的倉庫。敞篷車駛入小鎮時，車上站滿了人，駛出時，人就變成了屍體，像積木一樣堆積在車裡。這些照片雖然沒有正式公開，但幾乎同一時間，一名克羅埃西亞女記者向媒體報導了這個奇怪的行動，證實了這個事件的真實性。

女記者的報導稱：塞爾維亞入侵波士尼亞與赫塞哥維納之後，施行了一起鮮為人知的種族清洗事件，涉及範圍之廣、殺害人數之多，駭人聽聞。這篇報導因最早使用了「種族清洗」這個詞而引起了聯合國安全理事會的注意。但是關於這場事件的更多細節卻不為人知，而最重要的是，這些屍體去向不明。北約組織和聯合國安理會都希望能找到這位女記者，瞭解更多的情況。他們通過發表文章的媒體聯繫上了女記者，女記者說關於這次「種族清洗」她有大量照片實證，也願意提供給國際社會。

幾乎同時，又發生了斯雷布雷尼察屠殺事件。又是那位女記者以「公然踐踏《日內瓦公約》、無視聯合國的保護，巴爾幹發生最慘無人道性別滅絕行動！」為報導題目，向國際社會披露了事件真相。文章這樣寫道：自戰爭以來，斯雷布雷尼察被稱作在聯合國的保護下「最安全的五個區域」之一，成千上萬名心存希望的難民投奔到這塊貧窮、航髒但相對安全的地方來尋求庇護。然而，這個地區似乎也成了種族滅絕的目標，儘管當時有荷蘭維和部隊擔任這裡的保護任務，塞爾維亞武裝力量仍然對這塊保護區發動了突襲。他們占領了保護區以後，把男人與婦女兒童分離開來，將男人全部殺害。估計這場大屠殺造成了八千名男性死亡。此外，另外那些無辜的難民也沒有逃脫厄運。他們將成千上萬名手無寸鐵的難民趕至附近的森林或者空屋裡進行屠殺——塞爾維亞首領拉特科·姆拉迪奇還慘絕人寰地稱大屠殺為「盛宴」。

女記者對塞爾維亞武裝力量暴行的譴責，對無辜平民慘遭殺戮的憤怒力透紙背！她發出吶喊：「我們無法寬恕劊子手！是他們殘殺了那些手無寸鐵的平民；是他們在平民家中，在街道上肆意屠殺生靈；是他們在我們的民族大家庭中播種著仇恨的種子；是他們用異族平民百姓的鮮血澆灌著政權的鮮花！」

文章還說：「眾所周知，克羅埃西亞、波士尼亞與赫塞哥維納和科索沃的確有極端民族主義存在。塞爾維亞政府要在穆斯林、克羅埃西亞人和科索沃人的屍骨和墳墓上建立起所謂的『大塞爾維亞』。這些施暴者燒殺掠奪，無惡不作，所有的這一切都是為了達到一個目的——讓這些異族人永遠都無力回天。」

報導第一次直接把拉特科．姆拉迪奇稱之為「戰犯」、「巴爾幹屠夫」。幾乎世界各國的媒體都轉載了這位女記者的文章，東西方社會對巴爾幹半島發生的「種族清洗」開始了密切關注。

但從此以後女記者卻再沒有了消息，她最後活動的地點就是尋找埋葬屍體的地點。不久，首先報導這兩次事件的當地報紙也像人間蒸發一樣無影無蹤了。

「聯合國調查小組」目前的挖掘地點，就是克羅埃西亞政府根據女記者的報導，以及其他綜合線索找到的塞爾維亞軍隊埋葬兩次「大屠殺」事件屍體的地方。

要挖掘「萬人塚」給屍體做死亡原因鑑識，不僅挖掘的工作量大，技術上也有一定的困難。因為正常的屍體鑑識，一般都是在死亡時間不太長，而且保管得很好的情況下進行，而這一次，即便位置準確，屍體也至少是一年前的。克羅埃西亞政府考慮到這次鑑識工作的難度，除了安排本國亞斯普利特醫院的法庭科學小組全部參加，協助「聯合國調查小組」工作以外，還調集了當地其他醫學院的工作人員參加。同時，要求特種部隊的幾十位士兵，在安保的同時，也隨時隨地準備為「調查小組」提供各種說明和服務。

對克羅埃西亞來說，這是一個非同尋常的、不可或缺的證據；對「聯合國調查小組」來說，這是一次幾乎難以完成的任務。

車在繼續前行，Dr. Lee 閉著眼睛，看上去在休息，但腦子裡卻一刻未停。現在，第一個問題已經解決了，後面的工作更有難度。他知道賽瑞爾．韋契特的習慣，知道他還在等著自己的答案。他睜開眼睛轉過頭，果然看到賽瑞爾．韋契特在看著他。多年的默契讓兩個人不由得相視一笑。然後，Dr. Lee 掏出便條紙，迅速地寫下一行字，交給了賽瑞爾．韋契特。賽瑞爾．韋契特邊看邊不停地點頭。

大家知道，那張紙上一定寫著 Dr. Lee 的答案。但是 Dr. Lee 到底寫了什麼，為什麼不公布出來，又使大家好奇萬分。

其實，Dr. Lee 寫的是：「根據我的經驗，地雷和手榴彈應該埋在最上面一層，因為這樣才不至於造成埋屍體的人傷亡。至於怎麼避免傷害？我覺得崔西的建議不無道理，祈禱再加上各人的運氣。」

車到目的地了，Dr. Lee 對安東尼．洛維克博士和阿格隆說：「請你們到我的帳篷來一下。」然後，又對大家說：「請各位專家好好休息，我們明天要開始工作了。」

「明天？」崔西轉過頭，不相信地看著 Dr. Lee。在她這個外行看來，一切還沒有頭緒。

「明天！準備好妳的照相機和攝影機。」Dr. Lee 再一次重複了自己的安排。

6

DETECTIVE

沒有硝煙和戰場的戰役

明天就可以開始「萬人塚」屍體的鑑識工作！不要說女記者崔西不相信，就是Dr. Lee的克羅埃西亞學生阿格隆也覺得不可思議。

因為擺在「聯合國調查小組」，尤其是Dr. Lee面前的最大困難，也是必須解決的問題，是鑑識比對物的缺失。這個國家剛剛經歷過一場戰爭，有的地方戰火還沒有完全停止。調查小組要鑑識的是「萬人塚」的屍體，而不是一場事故的幾具屍體。這些人來自哪裡？他們的親人在哪裡？小鎮被毀了，村莊被毀了，醫院被毀了，安全區沒有了。也就是說，關於「萬人塚」挖掘出來的屍體幾乎任何記錄都沒有，用什麼來比對？對比物不僅是缺失，甚至可以說幾乎沒有。情報顯示，屍體埋了一年，那一定已經腐爛，死因鑑識將極其困難。

在人類社會中，親人的遺體對於每一個家庭來說都非常重要。發生任何事故，需要做的第一件事，就是對被害人的遺體進行辨認，將遺骸交給親人。

阿格隆在Dr. Lee的鑑識中心學習過，所以他特別記得Dr. Lee一次次組織他們到現場進行實習的情景。為了便於學習掌握，Dr. Lee 把屍體辨認的方法總結歸納為兩大類，十二種方式。

一類五種是完整屍體辨認方法：

第一類，屍體外部：

第⑴種，直接辨認法。請死者的親戚、朋友或熟人辨認屍體，確定屍體身分。

第⑵種，透過被害人的隨身物品進行身分辨認。這是一種間接辨認方法，很容易出錯，也屬於外來方法。用這種方法辨認屍體比較直觀簡單。如衣物、首飾、身分證、照片等。因為直觀、簡單，也很容易出差錯，所以很多專家不會單獨依賴這一種方式，而是把它作為參照方法使用。

第⑶種，指紋鑑定。顧名思義，就是將死者的指紋與保存的指紋記錄進行對比，或輸入指紋自動識別系統（Integrated Automated Fingerprint Identification System, AFIS）進行搜索比對。

第⑷種，用體表形態特徵進行識別。區別在於自然體表形態特徵和外來特徵。胎記、傷疤、紋身或屬於自然體表形態特徵。頭髮、髮型、膚色、臉型、銀鐲、手錶、胸針、鑰匙等屬於外來體表形態特徵。

第⑸種，透過死者身上安裝的人造器官編號和醫院患者記錄、義肢、假牙對比醫療記錄來辨認死者。醫院的外科手術記錄，以及使用過X光或其他技術的記錄，都可以用來識別死者身分。

第二類是屍體內部鑑識。這是創傷性事件中，死者的屍體遭到了破壞或不完整時的辨認方法，比如火災或飛機失事。鑑識科學專家一般會採用以下方法來進行身分的同一認定：

第⑴種，請法醫人類學家來對屍體或殘骸進行檢驗。法醫人類學家可以根據骨骼特徵來推斷死者的種族、性別、年齡、身高及其他個人特徵。當然，僅有這些法醫人類學家的檢驗結果，還不足以準確鑑別屍體身分，但如果將這些檢驗結果，和高度識別個人身分的醫學手段結合起來，就會很有價值。此外，法醫人類學家還可以幫助確定死亡原因、死亡方式以及其他相關事項。

第⑵種，透過牙齒來進行個人識別。法齒學家可以透過某人齒系的X光照片得出其生前的諸多資訊，從而來確定這個人的身分。關於這一方面，他特別向Dr. Lee請教過，記得Dr. Lee簡單介紹了「修補矯正過的牙，牙齒多少決定年齡，磨損決定食物，菸渣

（垢）、咖啡決定生活方式。」

第⑶種，透過人體組織或骨骼的遺傳標記來進行個人識別。鑑識科學專家一直用人體組織和骨骼中的ABO血型來進行身分識別。在那些只有一具屍體或屍體數量確定的案件中（如在一場空難中有四人喪生或某個墓穴中有二具屍體），ABO血型分型或紅血球同工酶多態性分型，都能為同一認定提供資訊。

第⑷種，透過DNA分型來進行個人識別。DNA鑑定技術得到了迅速發展。無論是在刑事案件的調查過程中，還是在發生天災人禍需要確定死者身分時，都要用到DNA技術。可以從人體組織或骨骼樣本中提取細胞核DNA和粒線體DNA，為個人識別提供資訊。只有在確定了死者的身分範圍，並有其他技術輔助的情況下，才能用粒線體DNA來進行個人身分的同一認定。因此，要成功地進行DNA鑑定，就需要事先明確死者的身分範圍，或者從死者的家屬或DNA資料庫中提取已知的DNA樣本。目前他們要進行鑑定的是數量大得驚人的「萬人塚」，根本無法用遺傳標記來進行身分認定。

而且以上這些現有的鑑定手段，也幾乎都不起作用。

「聯合國調查小組」到達克羅埃西亞「萬人塚」鑑識現場的第一個夜晚降臨了。克羅埃西亞屬於半海洋性氣候，太陽落山後氣溫驟降。這一地區的建築物基本上都被炮火夷平了，沒有了人氣，天黑風起之後，立刻給人一種陰森森的感覺。加上不遠處就是「萬人塚」、周圍帳蓬又時不時傳出思念親人的、傷心絕望的哭泣聲，又使這個深秋的夜晚增加了令人驚悚的恐懼。

這一天晚上，克羅埃西亞境內很多在戰爭中失去了親人的家庭，都收到了一張表格。表格內容非常詳細：性別、身高、體重、血型、年齡、髮型、面貌、從事過什麼職業、是否有明顯的特徵、是否做過任何的手術。尤其是失蹤時所穿的衣服，包括內衣鞋襪、佩戴的首飾等等。表格的下方有一段附言：「除了表格上的內容，希望你能夠提供更多失蹤親人的資料。」

這張表格在這一個午夜傳遍了附近的村莊和小鎮，而且要求他們立刻填寫，交來人帶走。這個晚上，還有幾種身分的人被政府有關人員「打擾」了。他們分別是醫院的負責人、醫生和牙醫。工作人員希望他們能盡可能地提供醫院的就診記錄。但負責聯繫醫院負責人和醫生的工作人員非常失望，因為醫院被炮火摧毀殆盡，資料被銷毀一空。聯繫牙醫的工作人員收穫比較大，當牙醫聽說他提供的牙診記錄能為「萬人塚」遇害人辨認身分時，立刻表示，雖然牙醫診所的資料也沒有了，但只要在牙醫診所就診過的患者，他都記在腦子裡了。如果需要，他願意去現場幫助進行屍體辨認工作。

烏阿提庫校長夫婦和很多人一樣，拿到表格卻遲遲不願意填寫，似乎填了這張表格他們的親人就真的失蹤了。而在這之前，他們都對親人生還抱有期望，他們一直希望親人只是聯絡不上，戰爭一結束，他們就會回來。

烏阿提庫校長戴上老花眼鏡，把表格看了一遍又一遍，然後摘下眼鏡抬起頭看了來人一眼，又默默地把表格遞給了一直用驚恐的眼神看著自己的妻子。烏阿提庫夫人接過表格看清了內容，把頭深深埋在兩隻手間哭了起來。校長站起身，一言不發地走到妻子身後，伸出雙臂輕輕攬著夫人顫抖的雙肩說：「只是調查失蹤的人……還不是……」說著，他從妻子手上拿過表格，回到自己的書桌前，戴上老花眼鏡仔仔細細地、一筆一畫地填了起來。

烏阿提庫校長這輩子填過數不清的表格，這是他最難填的一張，每寫一個字，都覺得手上的筆有千斤重。

他們的女兒伊萬妮卡失蹤已經快一年了。

伊萬妮卡非常出色。和千千萬萬個父母一樣，在他們夫妻看來，世界上所有的優點都集中在了自己聰明伶俐、美麗善良的女兒身上了。他們很希望從小就能歌善舞的女兒能夠像父親一樣，當一名受人尊敬的教師。烏阿提庫就是從普通教師一步一步變成了校長，幾十年來，他一直是這個鎮上最受人尊重的人之一。但是女兒卻更喜歡當記者，尤其在她交了一位非常出色的小夥子做男朋友之後。於是校長就勸伊萬妮卡的母親：「孩子希望做記者就讓她去吧，我們克羅埃西亞這麼美好的山山水水，也需要有人報導出來呀！我們的女兒這麼聰明，將來一定是一個出色的記者。也許有一天我們的伊萬妮卡會成為祖國的驕傲。」

當了記者的伊萬妮卡果然非常出色，拍了很多漂亮的照片，向全世界介紹美麗的克羅埃西亞風景。戰爭爆發了，災難降臨到克羅埃西亞的每一個家庭。和平的美好時光隨著炮火紛飛一去不復返。伊萬妮卡變忙碌了，她和她的記者朋友日夜奔波，哪裡發生戰火就往哪裡跑，終於有一天她拿著速記簿，背上照相機，離開了家。校長夫婦只能從報紙上得到女兒的消息，從此他們更加提心吊膽。有一天，他們看到女兒報導了塞爾維亞人屠殺平民的事件，不久就發現有一些陌生人到了他們家附近。烏阿提庫校長知道他們的女兒有危險了。他們想盡一切辦法聯繫伊萬妮卡，希望伊萬妮卡不要回家。

一年前的一天，鄰居把一張紙條悄悄地送給了烏阿提庫校長，父親看出這是女兒的筆跡。伊萬妮卡告訴爸爸媽媽，她要回家看望他們。他們永遠記得那天晚上，伊萬妮卡穿著一件黑黑的長袍出現在他們面前。母親緊緊地抱著伊萬妮卡說：「孩子，有人要抓你，快走！」伊萬妮卡讓母親放心，說：「沒有關係，這個時間是安全的。我們在附近等了很久了，我的朋友們都在外面。」那個晚上，是戰爭爆發以來他們一家唯一一次最幸福愉快的時光。在母親眼裡，女兒雖然瘦了，但是更加精神了。伊萬妮卡輕聲提醒母親，「媽，快給我做點吃的，我還要帶走一些。我們都餓壞了。」

伊萬妮卡的母親把家裡吃的東西全都拿出來，烏阿提庫校長把自己釀的葡萄酒也拿了出來。伊萬妮卡和父親喝了幾口，開心地說：「爸爸，棒極了！等戰爭結束了，我們回來一定喝個酩酊大醉。這個，我帶去給我的朋友們喝。」伊萬妮卡晃著沒有喝完的酒。

眼前的女兒還是那樣樂觀、爽直，比以前更加懂事了。

又要分別了，母親捨不得，把伊萬妮卡從頭打量到腳：「孩子，以後不要再冒險回來看我們了，我們看到報紙上的消息就知道妳好好的。妳聯繫妳的男朋友，你們儘快到國外去吧。」伊萬妮卡告訴母親，她和男朋友一直保持著聯繫，男朋友正在為克羅埃西亞爭取國際援助。母親看了看伊萬妮卡的鞋，說：「孩子，我給妳拿一雙輕便一點的鞋吧。妳到處跑，還穿這麼厚跟的鞋。」伊萬妮卡笑了，反問母親說：「媽媽，妳忘了？我的鞋跟可是要藏祕密的。」說著還向父親眨了眨眼睛。

伊萬妮卡走了，但時間不長她又匆匆回來了，交給他們一個小盒子，叮囑說：「爸爸媽媽，請你們給我保管好。戰爭結束以後，如果我沒有回來，就把這個還給他，讓他再找一個好姑娘。」原來小盒子裡是男朋友送給她的戒指和項鍊。伊萬妮卡．烏阿提庫的男朋友叫阿格隆。

烏阿提庫校長在失蹤人口表格上填上了女兒的名字，心裡的痛楚難以言表。在「特徵」一欄，父親寫上了「右肩頭有一塊紅色胎記」幾個字。想了想，烏阿提庫校長又對來的人說：「你剛剛說，『聯合國調查小組』來了，你們等一等，我們一起去。如果那裡沒有我們的女兒，我們就放心了；如果有她，再讓我們看女兒最後一眼。」於是他們收拾了幾件簡單的衣物，和送表格來的人一起出門了。

這個夜晚，那些失去了親人的家庭，燈光都整夜未熄。填寫了表格，就希望很快有人來敲門送結果；或者，敲門的就是他們失蹤的親人。

這個夜晚，「聯合國調查小組」正在調查「萬人塚」真相的消息也不脛而走。

一份份失蹤人員調查表送到了「聯合國調查小組」所在地，工作人員把表格分成兩類，一類是軍隊的，一類是平民的。

Dr. Lee 的帳篷集工作、休息為一體，他在這裡，一邊和安東尼．洛維克博士商量後續工作細節，一邊等著消息回饋。聽到牙醫願意到現場來幫助辨認，他們特別欣慰，顯然，這會加快「萬人塚」屍體鑑識的速度。

這時，帳篷外傳來了卡車發動機的轟鳴聲和「咩咩」的羊叫聲。下午他們離開現場之後，特種部隊的士兵立刻開始掃雷。考慮到即使進行了地雷個別引爆，還可能會有「漏網之魚」，Dr. Lee 又決定讓羊群在「萬人塚」上再走一遍，以確保安全。

看著這些準備工作有條不紊地進行，安東尼．洛維克博士覺得 Dr. Lee 簡直是一個潛力令人難以想像的天才。

其實，從離開美國，到剛才聽到準備工作已經卓有成效地進行，Dr. Lee的心才稍微有所安定。他到過太多的案發現場，包括其他的「萬人塚」，但是要在這麼短的時間裡出鑑識結果，特別是克羅埃西亞目前還處在局部戰爭中，他和他的專家小組隨時隨地都有可能遇到危險，他感到壓力非常大。所以，他得抓緊一切時間，快速調動自己大腦中的知識和經驗，先解決已經面臨的問題，然後盡可能地提前思考可能出現的困難。

無論如何，他們不能無功而返，那樣不僅辜負了聯合國的期望，辜負了總統夫人的親自囑託，也辜負了小組成員對他的信任，更有悖他多年做人做事的原則。當他決定用調查表的方式，用去醫院、牙科診所尋找患者就診資料的方式，盡可能找到比對物時，他的心情也是忐忑不安的。畢竟只有不到十個小時的時間了，到底能有多大的收穫，他沒有把握，不過，哪怕先只有一部分也是好的。他知道，安東尼．洛維克博士是總統的特使，也就是說，關鍵時刻，安東尼．洛維克博士是可以動用他的特殊身分進行工作的，只要他們能夠為「萬人塚」的屍體辨認出正確的身分和正確的死亡原因。

事實證明他的判斷是正確的。

填失蹤人員調查表，而且要在天亮之前全部或者至少有一部分拿到現場，安東尼．洛維克博士最開始覺得 Dr. Lee 的這個決策完全是不可能的，但是除了這個方式又想不到其他的方法，於是他不得不請示了總統。總統的回答十分明確：盡一切可能、不惜一切代價，依照的 Dr. Lee 和「聯合國調查小組」的要求推進工作。結果，他們成功了！不，應該說是 Dr. Lee 成功了！而且從早晨開始在他的眼皮下不止一次的成功。

「你要睡一會兒嗎？」安東尼．洛維克博士問。

Dr. Lee 站起來，伸伸胳膊，彎彎腰。想到明天即將開始的大規模挖掘，和接下來更加困難的屍體鑑識工作，他想休息會兒，但是從安東尼．洛維克博士剛才問他的語氣中，他又聽出他有重要的問題想和自己討論，於是 Dr. Lee 對安東尼．洛維克博士說：「我需要休息十分鐘，但是你不要離開。十分鐘以後你開始講你要講的問題，你覺得行嗎？」

「不用了 Dr. Lee，你太累了，需要好好休息。天亮以後還有大量的工作在等待著你，我的問題可以以後再……」安東尼．洛維克博士還想說什麼，耳邊突然響起了一陣鼾聲。安東尼．洛維克博士回頭一看，Dr. Lee 已經在小小的帆布行軍床上睡著了。

行軍床很小，原來上面是有被子和枕頭的，Dr. Lee 躺下的時候，被子都沒有來得及拉開，所以他半個身體壓在了疊得整整齊齊的被子上。安東尼．洛維克博士很想幫 Dr. Lee 蓋上被子，但又怕驚醒他，於是他拿了一件衣服搭在了 Dr. Lee 的身上。

安東尼．洛維克博士抬起手腕，看了看時間，不知不覺他們從現場回到這裡已經整整工作十個小時了。這十個小時，加上從早晨五點開始的十個小時，二十個小時，Dr. Lee 指揮了一場戰役，一場看不見硝煙、看不見戰場，卻時時處處關係到調查小組成員生命安危，又關係這個民族的這一場戰爭，關係到千千萬萬條生命的價值，關係到戰爭能不能結束，以什麼樣的方式結束問題的戰役。

還有不到兩個小時天就要亮了，一番最關鍵的攻堅克難即將展開，但安東尼．洛維克博士充滿了信心，這份信心主要來自眼前這位躺在窄帆布行軍床上，酣然入睡的人。

「他名副其實！」安東尼．洛維克博士心裡感嘆著。他甚至不知道，在這世界上還有什麼是 Dr. Lee 不能解決和不能預料的，想到這裡，他就感到前所未有的踏實。於是，他摘下手錶放在枕頭邊：「至少讓他睡兩個小時，自己也要睡一會兒了。其他的事情天亮再說。」

「你現在可以提問題了，如果你還醒著的話。」迷糊中，安東尼．洛維克博士聽到有人說話，而且還好像是在和自己說話。他突然清醒了，是Dr. Lee在和自己說話。他聲音平靜清澈，絲毫沒有剛睡醒或者勉強說話的感覺。

安東尼．洛維克博士瞄了一眼枕頭邊上的手錶，不多不少正好十分鐘。

安東尼．洛維克博士不想開口，他想讓Dr. Lee繼續睡一會兒，於是他又悄悄地閉上眼睛，不動聲色地繼續裝睡，還放輕了自己的呼吸。

「我知道你已經醒了，而且我還知道，你想討論的問題不是關於這次挖掘『萬人塚』和屍體辨認的內容。」平靜的聲音又從行軍床那邊傳了過來。

「那我們就躺著聊聊可以嗎？如果聊到一半你想睡，就繼續再睡會兒。雖然我們做了這麼多的安排，但真正的工作明天才開始。你是我們所有人的靈魂。」安東尼．洛維克博士知道自己裝不下去了。

「工作是大家做的。就像失蹤人員調查表，這一夜不知道有多少人在奔波。但是我接受你的建議，我們就躺著聊聊。」Dr. Lee 的聲音輕輕的，感覺他閉上了眼睛。

「我很好奇，你說休息十分鐘，就一分不多一分不少。而且，你怎麼知道我剛才已經醒了？」

於是，兩個男人開始了特殊的「臥談」，在戰火未熄的克羅埃西亞，在「萬人塚」附近，在行軍帳篷裡。

Dr. Lee 告訴安東尼．洛維克博士，他是從他的呼吸聲中判斷出來他已經醒了的。Dr. Lee 說：「人，尤其想裝睡的時候，心跳會加速，呼吸會比真正睡眠中的呼吸要加重和短促一些。」當然，通常聲音和觀察應該同時進行，但因為他們是在一個非常安靜的環境裡，所以他不必起床觀察就能夠做出判斷。至於自己的睡眠為什麼會正好十分鐘，Dr. Lee 說也許是多年鍛鍊的結果，也許是責任使然。今夜，克羅埃西亞或者是巴爾幹地區，有多少人連這十分鐘也睡不著。

安東尼．洛維克博士知道，Dr. Lee 是指那些失去親人的人們。

「那你又怎麼知道我問的問題不是關於這次『萬人塚』屍體鑑識的呢？」安東尼．洛維克博士又問。

Dr. Lee說，如果是關於「萬人塚」屍體鑑識的問題，那就是他們這次來的工作範圍，任何時候都可以拿出來討論。但聽剛才安東尼．洛維克博士說話的語氣，顯然不是，所以他判斷可能是兩個問題：一個是關於阿格隆工作的安排，想徵求自己的意見；第二個……說到這裡Dr. Lee停了停，彷彿是在思考什麼，又彷彿是在組織表述的語言方式，然後才接下去說：「國家分裂了，各方面的人才都在流失，戰爭結束以後，怎麼才能儘快培養出一批人才來，尤其是刑偵鑑識科學方面的人才。你是帶著總統的使命來的，一定不僅僅只為這次『聯合國調查小組』的工作，可能還希望向我瞭解，這方面美國是如何，也可以直截了當說，我們是怎麼進行的。還有就是希望得到美國的幫助。我說的對嗎？」

如果不是擔心自己起來Dr. Lee也會跟著起來，安東尼．洛維克博士聽完真想立刻翻身坐起來。最後，他只是翻了個身，平復一下自己的激動，把兩隻手墊在後腦勺下，深深地出了口氣感慨道：「這一次能夠和你一起工作，實在是太幸運、太有意義了！我向你學到了很多東西，你讓我想得更遠，更長久。確實，我是帶著總統安排的任務來的。阿格隆的事情我們先放一放，總統讓我向你請教的問題，你剛剛已經為我們想到了，未來我們怎麼辦？我們怎麼樣才能儘快培養起自己的科學家隊伍來？在一般人看起來，這只是個教育問題，但是我反覆考慮了，好像又不僅僅是教育問題。我是教授，我看到了阿格隆到你身邊以後發生的變化。他回來跟我說了一些，說真的，剛開始我並不怎麼在意，後來我慢慢才明白。尤其這次你來到克羅埃西亞，你處理工作的節奏和方法，我更加覺得，這不僅僅是教育問題。所以關於以上兩個問題，我很想聽聽你的意見。如果你能教教我，我將十分感謝！」安東尼．洛維克博士想了想，最後又補充說，「如果某些內容不方便說，我非常理解。」

帳篷裡突然安靜了，而且時間很長，甚至安東尼．洛維克博士都以為 Dr. Lee 是不是又睡著了。就在他準備抬頭確認一下時，又響起 Dr. Lee 的說話聲：

「其實這兩個問題是同一個問題。如果我沒猜錯的話，你，也可以說你們國家，原來的計畫是培養阿格隆作為領頭羊的，但是現在……」

安東尼．洛維克聽到從 Dr. Lee 行軍床方向傳來了一些動靜，還聽到了骨關節活動的聲響。他閉著眼睛，聽到 Dr. Lee 又繼續說：

「阿格隆確實非常優秀，這不是我的功勞，除了他天資聰明，還有你的教育。他學習非常刻苦，我想他自己原來也是希望成為這一行的佼佼者，所以在美國，我了教他很多東西。他學得非常快。但是這一場戰爭改變了他，有些事情我們沒有去經歷，無法代替他理解，也無法代替他做決定。他可能不會再希望自己僅僅當一名教授搞鑑識科學了。當然這一場戰爭改變了很多人，所以你現在面臨著的實際上是怎樣彌補人才斷層和後續培養兩個問題。我們先說培養，這首先當然是教育範疇的問題。但你說好像又不僅僅是教育問題，我是能理解的。因為表面上看，全世界的教育都一樣，老師教、學生學。但是環境不同，教和學的方法就有所不相同。我們兩個國家體制不一樣。美國自南北戰爭以後，國內本土和平了一百多年。他的教育是在一個非常自由，同時又非常嚴謹的狀態下完成的。雖然沒有一種方法可以完全複製，但可以借鑑。你希望瞭解我怎麼教學、我的這一支隊伍是怎麼形成的。但是我又必須先介紹美國的教育形式和我的工作環境。」

於是安東尼．洛維克博士聽到了關於美國的教育方式，和 Dr. Lee 的授課方法。

美國教授在供職的本校，工作時間實際只有九個月，工資也只有九個月，其他幾個月時間是不受控制的。他們一般都利用這段時間做研究，或學習或以客座教授、榮譽教授的身分去外校授課。

正常情況下本校給一位教授每週安排三堂課，一堂課三到四個學分。但是有些課程，全世界只有少數幾位教授能夠開，而這幾位教授課程又安排不過來，於是學校就等教授有時間才開課，甚至在學生快畢業時才開課，也是有可能的。

「現在說說我是怎麼教學，我這支隊伍是怎麼形成的。美國國家公務員一天工作時間是七個小時，星期六不工作。在我去實驗室工作和擔任中心主任期間，為什麼還能繼續在大學授課？大學給我安排一學期的授課是四十個課時，我在實驗室星期六繼續工作，發生了案件，晚上、夜裡也要到現場，我把多工作的時間用於教學，就不矛盾了。

「我們確實給康州培養了很多鑑識科學方面的人才，方法就是讓學生把在課堂的學習和案發現場實踐結合在一起。當然這種結合只有州警鑑識中心主任、學校系主任和教授是同一個才能做到。在職的州警知道今天晚上我的授課內容，他可以去聽，也許學習的知識在第二天的工作中就用上了。而我允許學鑑識科學的學生到案發現場觀摩，或到實驗室見習。現場觀摩處理完畢，第二天帶到課堂討論，實驗室見習則是讓他們知道畢業以後工作的實驗室是什麼樣。而庭審時學生、警察又可以一起去旁聽。課堂、現場、實驗室、法庭四者結合。上法庭就是檢驗物證結果，警察和學生們耳朵聽到的，眼睛看到的，手做過的全部拿出來進行實踐檢驗，看看是否正確。並不是每一位教授都有條件這麼做，尤其並不是每一位實驗室主任都敢這麼做。特別是庭審，厲害的律師什麼刁鑽古怪的問題都提都問，如果實驗室主任做的實驗不正確，或者答不出，自己沒有面子丟了臉，也會給學生造成心理陰影。」

Dr. Lee 的介紹讓安東尼・洛維克博士醍醐灌頂，大開眼界。如果不是親耳聽到，他是絕對不會相信的。

「我鼓勵學生提問題。學生提問題，哪怕是刁鑽的，哪怕是錯的，我都認為是非常好的問題。至少讓你考慮一下為什麼是錯？總比他坐在那裡做白日夢好。怎麼解釋給他聽能夠啟發他，希望他能聽進去、思考出來，這就是我反覆揣摩的了。當教授的，切忌照本宣科不去啟發學生。」

講到教學，Dr. Lee 總是很有興致：

「我記得上中學物理課時，有過這樣一個笑話：開學當天，老師把一條物理原理與公式寫在黑板上，結果他寫錯了。我們抄黑板，當然也是錯的，到學期結束我對物理書一看……可想而知，當時的心情多麼複雜和震驚，所以要鼓勵學生多提意見。教學相長。」

安東尼．洛維克博士自己也帶博士生，他感嘆，Dr. Lee 的「教學相長」正是現在很多教授缺少的，或許方法好學，心胸和見識反而最難，所以才導致一些論文答辯或者研討會，一大摞一大摞資料，卻沒有多少是有價值的。

Dr. Lee 說到這裡，突然也想起來到克羅埃西亞來的前一天，在海邊案發現場的那個刑警小隊長提姆。他從西點軍校畢業，加入警察隊伍後還在繼續學習。他把這個小故事講給安東尼．洛維克博士聽，「這一行需要熱血青年，但更需要科學精神和知識。」

安東尼·洛維克博士說：「全世界能做到這樣的，除了你沒有第二個！」

「也不盡然。」Dr. Lee 說，「今天是你想瞭解，也是在目前這樣一個特殊的環境下我才對你說這些。將來克羅埃西亞可以繼續送學生到我那裡去學習。」

天亮了，帳篷外面有了人聲，不遠的地方傳來了零零星星的槍聲。在這個國家，槍聲已經是司空見慣、不足為奇的事情了。帳篷雖然有防曬、防水塗層，但是天亮以後還是有光透了進來。安東尼·洛維克坐了起來，這才看到 Dr. Lee 一直躺在地上鍛鍊身體，難怪剛才聽到了骨關節活動的聲響。

「老師們早啊！我給你們送茶和咖啡來了。」

帳篷外面響起了阿格隆的聲音。Dr. Lee 一個魚打挺迅速從地上站了起來，向帳篷門口喊了一聲：「進來。」

所有的動作彷彿都是在一眨眼之間完成，這又讓安東尼·洛維克博士驚訝萬分。

帳篷門被掀開，阿格隆拎著一個炮彈箱子走了進來，隨他進來的，還有一股寒濕的新鮮空氣。

Dr. Lee 把帳篷的小窗戶捲了起來，雖然隔著一層塑膠，陽光還是從不大的窗戶透了進來。他轉過頭看著阿格隆問，「你從哪弄來的咖啡啊？還有茶葉？嚯，還有報紙。你還記得我的習慣。」

「報紙是軍用直升機一早捎過來的，又有一批失蹤人員調查表送到了。臺灣茶葉是我提前準備的。開水是我剛剛給你們燒的。」阿格隆一邊回答 Dr. Lee 問題，一邊像變戲法一樣，在小桌子上擺起了茶具和咖啡杯，又接著說：「邁克爾博士效率真高，第一時間就對這裡的水源進行化驗，並且立即給政府提交了化驗報告。政府已經發了通告，因為塞爾維亞軍隊在這一地區埋了大量屍體，所以這裡禁止取水。我們的飲用水都是軍用卡車從很遠的地方拉過來的。」只有一點他沒有告訴兩位老師：他原來不相信「聯合國調查小組」今天就能開始挖掘「萬人塚」，為屍體做鑑識，經過一夜的準備工作，他相信了。

兩位老師相視一笑。是啊，有這樣的學生還是非常開心的事。

「有什麼消息要告訴我們，先說好的！」Dr. Lee 打開了報紙。見阿格隆熟練地倒茶，他又笑著對安東尼・洛維克博士說：「阿格隆除了跟我學習鑑識科學，還學會了泡中國茶的功夫。」

「不愧做過你的學生，回答問題準確、有序、完整。」安東尼・洛維克博士由衷地誇讚道。

「羊群已經在『萬人塚』上跑了兩遍，挖掘現場基本安全了，昨天夜裡又有一些失蹤人員家屬到了附近的村裡。」阿格隆果然先說了好消息，「特種部隊加強了警戒，最近這裡的情況會比較複雜。有消息說，一支塞爾維亞武裝正在向我們這個方向移動，目標是哪裡，目前還沒有準確的消息。但是有一點是可以肯定的，『聯合國調查小組』要為『萬人塚』的屍體做鑑識的消息已經傳出去了，而且『國際神探』空降克羅埃西亞是各個媒體的頭條。所以，這支塞爾維亞武裝部隊的目的地應該是這裡，他們應該是來阻止挖掘工作的。」阿格隆給Dr. Lee端上了茶，手指著Dr. Lee手中打開的報紙上的一段文字說：「有一個新的名詞非常有趣，說老師你和『聯合國調查小組』是『國際神探』和他的『天才三劍客小組』。」

「Dr. Lee確實是天才。」安東尼・洛維克端起了咖啡，他不習慣喝茶。

「好茶！」Dr. Lee端起茶喝了一口，馬上接著說：「我們中國有一句老話，叫作『兵來將擋、水來土掩』，塞爾維亞武裝不歸我們指揮，我們也管不了他們。我們的工作是今天開始挖掘『萬人塚』！」

| 頭上裹著黑色三角巾，身上穿著黑色衣服的婦女，手上拿著失蹤親人的照片，戰爭奪走了她們的兒子、丈夫和兄弟。

| 萬人塚現場進行遺體的挖掘和清理，醫院和驗屍房的工作人員負責找出死因並辨認身分。

| 萬人塚被挖掘出的成片屍骨。

| 萬人塚的挖掘工作大面積地進行中。

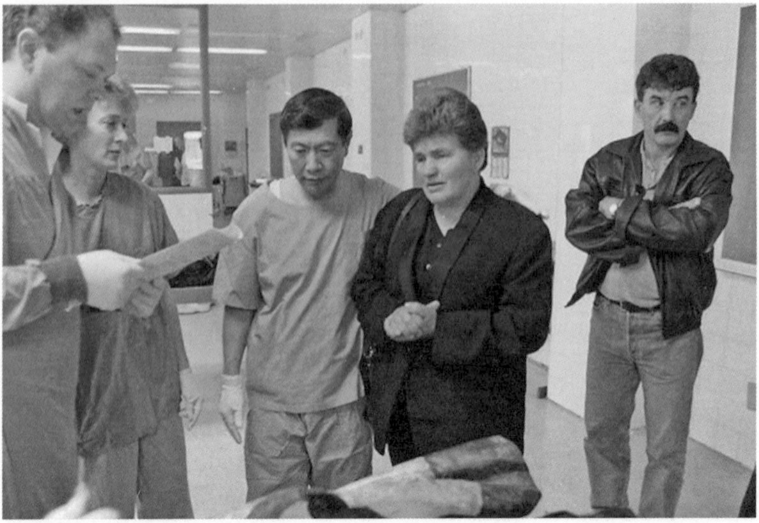

｜來醫院的親屬們在調查小組的陪伴和諮詢下辨認親人的遺體。

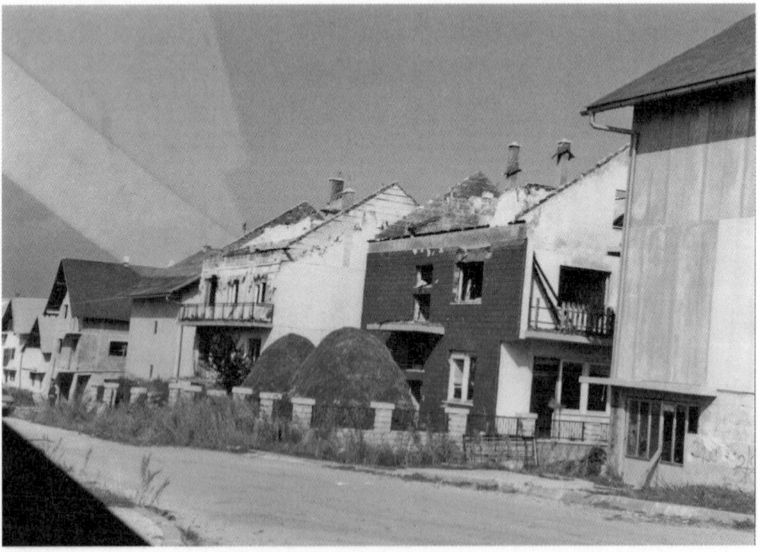

｜沿途的村莊被戰火摧毀，慘狀令人觸目驚心。

Dr. Lee 在集工作、休息為一體的帳篷前。

| 軍用飛機。

| 聯合國調查小組的隨行記者 Philip Farnsworth。

7

DETECTIVE

種族清洗

「滿腹悲鳴、滿腔憤怒」都無法形容「聯合國調查小組」以及所有參加挖掘「萬人塚」現場人員的心情。

「慘無人道、滅絕人性」也不足以形容塞爾維亞武裝犯下的滔天罪行。

沉默……沉默……除了沉默還是沉默，每個人都能聽到耳邊呼呼的風聲，自己重重的呼吸聲和眼前這些死於非命、無辜冤屈的靈魂發出的嗚咽聲。

幾乎同時，所有的人摘下帽子，深深地低下頭向這些苦難的生命默哀。

一串串眼淚沿著崔西的臉龐落下來，鏡頭下，一具具僵硬的屍體變得模糊起來。她騰出一隻手擦掉了眼淚……屍體又變得模糊起來，她閉上了眼睛……

萬人坑中有的兩具屍體緊緊地擁抱在一起，應該是一對兄弟吧；有的一大一小兩具屍體，大的即使死了，兩隻胳膊還用力地伸向小的，這是父親在最後一刻還想保護自己的孩子吧；有的雙手在背後被繩索綁著；有的身體扭曲著，頭顱使勁地向上或者向後仰著，掙扎的姿勢彷彿告訴人們，他們是被活埋的，當土一鏟一鏟、一堆一堆倒向他們的時候，他們還在呼喊著：我要活！我要活呀！

而更多的屍體是橫七豎八，胡亂地堆積在一起。

「聯合國調查小組」成員原本是不需要到現場參與挖掘的，但由於時間太緊，加上他們知道，Dr. Lee 昨夜通宵達旦為今天的挖掘、鑑識工作做了準備，所以也堅持直接到挖掘現場來。

「萬人塚」所在的位置有一個共同的特點，基本上都是位於山間河谷、牧場草地的邊緣，距公路三百三十英尺範圍左右的土地下或公路附近的斜坡上。而且，這些地方周圍都有灌木叢和很深的野草。所以從「聯合國調查小組」駐地到「萬人塚」挖掘現場，軍用卡車只能行駛公路這一部分，餘下的小路需要步行。這一段路存在著極大的危險。除了腳下有可能會出現塞爾維亞武裝力量布下的地雷，附近還有可能埋伏著狙擊手。附近大大小小高於小路的灌木叢，遠處起伏的山巒，都給狙擊手提供了非常好的隱蔽條件，又便於狙擊手完成任務後迅速撤離。雖然擔任保衛任務的特種部隊沿途布了崗，但是如果狙擊手是有目標而來，他們會在一群人當中找到目標，而且必定彈無虛發。

「聯合國調查小組」到克羅埃西亞鑑識「萬人塚」屍體死亡原因的消息，不僅讓製造屠殺事件的塞爾維亞人很緊張，同時也引起了當地觀察員的一些議論。當地觀察員擔心，進行挖掘和屍體認定工作將會在其他戰區一次又一次地重演。尋找「萬人塚」是一項緩慢而又成本巨大的工程，而且，因為現實的和政治因素，要找到所有的「萬人塚」幾乎是不可能的。甚至有官員稱，與其行動，不如選擇遺忘——因為進一步的調查只會讓局勢變得更加緊張。但是，另外一種觀點則認為：徹查巴爾幹半島暴行的真相是非常必要的，一方面是為了尋求人類公平正義，另一方面則是為了創造恆久的國際和平（阿格隆闡述過了，幾乎同樣的字句，可以換一種說法）。好在聯合國持後一種觀點，他們認為，如果不能為受害者主持正義，那麼復仇的欲望在日後必定會演變成另外一場戰爭。聯合國人權觀察員也認為，「萬人塚」的掘屍工作具有非常重要的意義——因為它是人類潛藏和現存的獸性的記錄。自五十年前的紐倫堡審判以來，這種要「將戰爭犯繩之以法」的呼聲之高，是前所未有的。

以Dr. Lee為核心的「聯合國調查小組」是第一支來克羅埃西亞地區工作的專家團隊，他們認定結果的報告至關重要，他們的行動也必將引起多方的關注。

Dr. Lee走在專家們的最前面，他的前面是特警隊員。

克羅埃西亞人身材高大，特警隊員無形當中起到了人牆作用，這使得阿格隆和安東尼．洛維克博士比較放心。大家都清楚，如果有狙擊手，他們的第一目標毫無疑問一定是

Dr. Lee。無論是此次任務中 Dr. Lee 承擔的角色，還是他個人的國際影響，都會讓他首當其衝。而麥克．巴登和賽瑞爾．韋契特兩位專家也代表「聯合國調查小組」全體成員極其鄭重地提醒克羅埃西亞方面，無論如何都要保證 Dr. Lee 的安全。在一群西方人中間，Dr. Lee 這張唯一的東方面孔目標太顯眼了，任何一個擔任狙擊任務的人，都可以毫不費力地找到他。所以，雖然調查小組每一位專家的安全都必須受到重視，但是 Dr. Lee 的安全尤為重要。安東尼．洛維克博士最後決定，由阿格隆擔任 Dr. Lee 的貼身警衛。所以無論是在軍用卡車上，還是在進入現場的路上，甚至在挖掘現場，阿格隆都幾乎和 Dr. Lee 形影不離。

而此時此刻的 Dr. Lee 對這一切好像渾然不知，並且因為平時自己到野外現場已是家常便飯，他倒是特別提醒幾乎都是在實驗室或者法庭工作的麥克．巴登和賽瑞爾．韋契特注意安全，尤其是麥克．巴登，因為他個頭高大，體重最重。Dr. Lee 還要求特警隊專門為兩位女士配了警衛。現在他的所有注意力全部在工作上，既要保證任務的完成，同時也要保證專家們的安全。所以，下了軍用卡車，他還是按照慣例走在最前面，還不時提醒專家一定要按照特警隊的要求，依次跟著前面的人，不要拉開距離、不要散開行進。

大約半個小時的時間，他們到達了挖掘現場。

Dr. Lee不止一次到過「萬人塚」現場辨認屍體，但是眼前的這個規模之大，還是出乎了他的預料，也出乎所有人的想像。因為這一次事關塞爾維亞武裝對克羅埃西亞地區平民的屠殺是不是在進行「種族清洗」，所以克羅埃西亞政府在「聯合國調查小組」到來之前就對「萬人塚」進行過試探性挖掘。因為塞爾維亞武裝力量在「萬人塚」旁設置詭雷陷阱，甚至把地雷、手榴彈和被害人埋在一起，造成了挖掘人員的傷亡，挖掘工作被迫停止了。直到Dr. Lee根據現場觀察和以往的經驗，設計了先清除拉線手榴彈，然後進行了幾步排雷步驟，挖掘工作才又重新開始。因為現場太大，時間又特別緊，他們調來了挖土機，這樣大大加快了挖掘的速度。雖然也時有地雷和手榴彈在屍體中被發現，讓大家心驚膽戰，但是挖掘工作還是大面積進行了，並且取得了明顯的進展。

「聯合國調查小組」到達後，直接進入現場進行屍體的挖掘和清理工作。而身著偽裝服、頭戴鋼盔的特警隊員，則立刻占領了「萬人塚」四周的制高點。他們和原來擔任警衛的武裝人員一起，重新組成了新的警戒線，確保「聯合國調查小組」專家和挖掘工作人員的安全。

Dr. Lee眼前的「萬人塚」，成片的屍體有的被挖了出來，清理乾淨了；有的雖然還沒挖出來，但是一具具屍體的輪廓在土層下清清楚楚，淒慘的景象令人不忍直視。

專家們也動手，將死者的骨頭、衣物和其他帶有死者個人特徵的證據從一堆腐爛的屍體中分離開來。這是掘屍過程中最令人毛骨悚然的工作。

經過一段時間的挖掘和清理，部分現場漸漸清晰了起來。很明顯，很多屍體埋葬是匆匆忙忙進行的，所以士兵的屍體和平民的屍體堆在一起，老人的屍體和年輕人的屍體搭在一起，成年的、孩子的、女性的屍體扔在一起……

芭芭拉·沃爾夫博士和幾位當地的工作人員，清理出了一堆十分奇怪的屍體群：有些胳膊纏著布條，有些旁邊有木杖樣的東西，還有的手臂上連著一根細細的管子，管子的另一頭連著一個玻璃瓶。經過進一步清理，終於發現這些是傷病員。纏在胳膊上的布條是繃帶，木杖樣的東西是腿部和腳部受傷的傷患拄的拐杖，而那手臂上連著的細細管子和玻璃瓶是輸液管和輸液瓶。

安東尼·洛維克博士立刻給Dr. Lee和專家小組拿來了資料。資料顯示，曾經發生過一幕駭人聽聞的慘劇。塞爾維亞武裝人員包圍了一所醫院，然後將數百名受傷的士兵和醫院工作人員趕出醫院，全部殺死。

一百多具屍體橫七豎八地躺在地上，他們曾經是戰士，可是在他們死亡的那一刻，或者在死亡之前好久，已經是失去戰鬥力的殘疾人了。

如果是第一天見到這樣的情形，女記者崔西一定會說，《日內瓦公約》規定，他們是放下武器的傷兵，應該享受平民的待遇，是不應該被殺戮的。但是現在她只能含著眼淚，默默地拍下眼前的一幕，在滅絕人性的屠殺面前，重申公約顯得那麼無力。

「請大家戴上防護口罩，這些屍體已經高度腐爛了。」

毒物檢測專家邁克爾在另外一個屍體群旁提醒著還沒戴口罩的工作人員。他們挖掘的那個屍體群大部分身首異處，四肢殘缺不全。很顯然，是被處以極刑的。

麥克．巴登和賽瑞爾．韋契特在「萬人塚」最靠邊地方，眼前是一堆幾乎已經成木炭狀的屍體。和以往一樣，他們叫來了Dr. Lee，三個人經過短暫的分析，得出結論：「這些屍體是被焚燒過的，而且焚燒前被潑過燃油。」很顯然屠殺製造者想毀屍滅跡。

經過觀察屍體所呈現的一系列情況，結合以往的經驗，Dr. Lee 判斷，這個「萬人塚」應該是多次屠殺，不同時期處理屍體形成的。

第一批被挖掘出來的屍體，經過清理停放在了「萬人塚」旁剛搭起的簡易手術臺上，經過檢查，他們大部分人都是多處受傷而死，包括槍傷和刺刀傷。隨著越來越多的屍體被挖掘出來，手術臺不夠用了，屍體只能放在「萬人塚」坑邊的地上，再後來就直接在「萬人塚」內清理出一塊塊地方，把屍體一排排分行編號停放好。現場已經來不及做進一步的清理和鑑識工作了。「聯合國調查小組」決定，挖掘出來的屍體，簡單清理以後直接裝進黑色編號的屍袋，抬上箱式卡車，直接送實驗室和解剖室。

「三劍客」集中在一起，站到了一個稍高的土坡上，這裡可以看到大部分已經挖掘開的現場。根據目前所看到的情況分析，因為屍體太多，為了儘快掩埋，塞爾維亞軍隊應該動用了推土機。他們應該也嘗試過用火燒屍體。

「你們有沒有發現，這裡清理出來的能夠看得清楚的大部分遇害者都是男性，而且……」Dr. Lee 的聲音不高，但是足以讓兩個搭檔聽得清清楚楚。

「是的，我也注意到了，雖然還沒有上手術臺，但是根據屍體的骨骼、穿戴以及形狀，基本可以下這個結論。」麥克．巴登附和道。

「我同意你們的判斷！」賽瑞爾．韋契特接著麥克．巴登的話說。他的語句非常短促，因為他的眼睛一直盯著他面前的一些屍體，而且這也是三個人長期討論案情形成的風格。這是「三劍客」非常默契的地方。三個人在工作中都會非常直接的表述自己對事情的看法和判斷，有的時候因為意見相左各不相讓而發生激烈辯論，但都盡可能地讓對方闡述自己認為正確的意見。當然更多的時候，三個人都是經過認真的討論，最後達成共識。這和平時在一起互相開玩笑完全不一樣。

今天，三個人經過一段時間的挖掘和觀察，簡單就第一印象交換了看法，說出了自己的判斷，但是並沒有向其他人表達。作為科學家，他們的結論應該在經過科學鑑識、多種調查研究求證以後。雖然沒有正式的表態，但是越來越多的跡象表明，這個「萬人塚」更接近「種族清洗」的定義。

什麼是「種族清洗」？從這個詞被創造出來起，就一直爭議不斷。「種族清洗」有著多重含義，它首先是一個類概念——不可能將某一種或者一次具體的犯罪行為稱作「種族清洗」，它是多種犯罪行為的總稱。其次「種族清洗」最基本的概念是某一個民族用優良的武裝力量占領了其他民族的城鎮和村落，並將那裡的民眾趕出他們的家園，而只允許自己的族人在那裡生活的過程。但在有的時候，實施「種族清洗」的民族首領，也會強迫那些外族難民必須住回自己已被清洗的「家園」再等他們進行有計劃地迫害。那些心中充滿了仇恨的難民，時常會採取一些「報復行動」來進行反抗，雖然反抗常以失敗而告終，但是這樣一來，就為施暴者提供了繼續「清洗」的藉口。

巴爾幹戰爭中所進行的大規模種族滅絕事件雖然各不相同，但有一個共同點，就是屠殺有戰鬥力的男性。這是在歐洲發生的最慘烈的大屠殺行動。

對於「種族清洗」人類從來就不缺乏記憶。曾經發生過的國家包括伊拉克、亞美尼亞、孟加拉、印度、東帝汶、德國、中國、盧安達和蘇聯等。也是因為此次「聯合國調查小組」工作的需要，Dr. Lee 對歷史上曾經發生過的「種族清洗」案例做了研究。

案例一：如果以時間為序，一九一五～一九一七年發生的亞美尼亞大屠殺，是人類歷史上目前為止能夠找到的最早的、最大的種族滅絕事件。一九一五年正值第一次世界大戰，奧斯曼帝國統治下的土耳其政府下令對亞美尼亞男性公民實施系統性的大屠殺，同時用武力將大部分婦女、兒童和老人驅逐出境。這場驅逐最後也演變成了屠殺——負責押送的奧斯曼軍隊不僅縱容其他人搶劫、殺害、強姦那些亞美尼亞婦女，甚至自己也參與其中。奧斯曼政府在驅逐過程中沒有向這些亞美尼亞婦女、兒童和老人提供任何補給設施或物資，即使抵達目的地後也是如此。這是一個滅絕全部亞美尼亞民族的計畫！當那些精疲力竭、飽受煎熬的倖存者到達鄰國的難民營時，人數只剩下了不到全亞美尼亞人口的四分之一。

案例二：毫無疑問，第二次世界大戰期間納粹政權對歐洲猶太人的大屠殺是人類歷史上最系統、最慘烈的種族滅絕事件，造成了大約六百萬猶太人、同性戀者和吉普賽人死亡。由於納粹軍想要踏平所謂的「劣等種族」，所以，所有的猶太人，不論男女，不分長幼，均成了他們屠殺的對象，未被屠殺的則變成奴隸勞工。

案例三：一九四一～一九四二年間，入侵的德國軍隊透過餓死、凍死和即刻處決的方法，對蘇聯戰俘施行了長達八個月的大屠殺，造成了大約二百八十萬人死亡。

案例四：一九三七～一九三八年發生的南京大屠殺，是人類歷史上同時對男性和女性進行滅絕的另一特例。這場大屠殺以日本侵略軍對中國婦女的殘暴行徑而著名——成千上萬的中國女性被日本兵輪姦後慘遭殺害，數萬中國女性身受重傷。此外，日本軍隊還將大約二十五萬手無寸鐵的中國男性作為戰俘抓捕起來，並全部屠害。

案例五：發生在一九七一年的孟加拉（前東巴基斯坦）大屠殺持續了九個月之久，被認為是二十世紀屠害平民最集中的暴行之一。當時，為了鎮壓孟加拉的獨立武裝力量，西巴基斯坦的軍事政權掀起了一波可怕的屠殺狂潮，造成了大約三百萬左右的民眾死亡。大屠殺的主要對象為年輕的孟加拉男性，被強姦被殺害的孟加拉婦女不計其數，同時慘遭毒手的還有孩子和老人。

案例六：一九八八年，薩達姆．海珊領導的伊拉克政權發起了反對庫德人的「安法爾」行動，這是一場集種族滅絕和性別滅絕為一體的暴行，達到「戰爭年齡」的男性都成了「安法爾」行動的首要目標……在伊拉克庫爾德斯坦省，雖然在某些特定的區域，婦女和兒童也成了屠殺的目標，但所有被抓的成年男性無一倖免……很顯然，「安法爾」行動的主要目的，就是要將伊拉克庫爾德斯坦地區，所有達到服兵役年齡的男性全部消滅。

案例七：一九九四年，發生在非洲中部國家盧安達的種族滅絕事件，是人類歷史上最集中的一起大屠殺。這起種族滅絕事件包含著明顯的性別滅絕的因素——它是一場以圖西族男性，和同情圖西族的胡圖族男性為目標的大屠殺。在大屠殺過程中和大屠殺結束之後，由圖西族游擊隊發動的報復性殺戮行動中，也能明顯地看到種族滅絕的影子。

案例八：二〇〇六年，聯合國擬定了一份關於印尼占領東帝汶問題的報告，在這份報告當中，聯合國譴責印尼軍隊在占領東帝汶時期曾經利用「饑餓」作為武器，試圖滅絕東帝汶人。事件發生在一九七五年至一九九九年，二十四年時間內印尼軍隊占領東帝汶，造成十八萬人喪生，東帝汶帝利區法庭於二〇〇一年對東帝汶屠殺事件案作出了最後的宣判，十名印尼的「蒂姆—阿爾法」組織成員以「反人類罪」等罪名分別被判處十七到三十三年有期徒刑。印尼軍隊在占領東帝汶的二十四年當中犯下了種種罪行，造成那麼多東帝汶人死於非命，但最終卻只有少數一些印尼士兵遭到懲處，絕大部分人都逃過了應該承受的懲罰。

雖然巴爾幹半島的「種族滅絕」並不是體現人類獸性的特例，也不是一個新生事物，但是以前這一切都只是聽說，或者透過文字而瞭解。現在，這一具具屍體和附近優美的山谷形成的鮮明反差，讓每一個活著的心靈被深深地震撼。

「最大的那個屍體堆挖掘已經開始了，由於屍體太多，克羅埃西亞政府臨時調來了一些冷藏設備，正在安裝。」安東尼．洛維克博士告訴 Dr. Lee。

「你們來看看這幾具屍體。」賽瑞爾．韋契特依然沒有抬頭，只是伸出手向兩位搭檔示意了一下。

「有什麼奇怪的嗎？」

「這幾個人是捆在一起的。」

麥克．巴登看到五具屍體被一根繩索捆綁在一起，嘴巴裡都塞滿了東西。

「其中有一個好像是女的。」賽瑞爾．韋契特從屍體旁邊站了起來。

8

DETECTIVE

伊萬妮卡的下落

只有當你身臨其境地站在那塊土地上，並與那些妻離子散、家破人亡的人親身交談的時候，才會真正感受戰爭給人造成的難以平復的傷害，也才能對人類歷史殘酷的一面有更深刻的認知。

此時此刻，專家們原來做好的一切精神準備彷彿都崩潰了。這種崩潰，來自視覺、來自心靈、來自人性中對美好善良的嚮往。是啊，不久之前，甚至昨天，一家人還其樂融融地在一起共享天倫之樂，今天就已撒手人寰、陰陽兩隔。那些曾經精緻溫暖的房宅，現已是斷壁殘垣，蕩為寒煙。這場暴行破壞的力度之大、範圍之廣，令人難以置信！那裡的人們經歷的苦難之深，受到的荼毒之深，讓人不忍觸碰。戰爭的殘酷，生命的脆弱，無時無刻不在提醒這些來自文明國家的專家們，這裡曾經、經歷過的邪惡、野蠻、慘烈、滅絕人性的殺戮。而且有的地區還正在重演著這一幕幕人間悲劇。

後來，當他們重新回到熟悉的生活環境，回到親人同事的身邊，回到和平溫柔的空氣中、陽光下時，他們甚至有一種衝動，衝動地想不顧一切地擁抱見到的每一位親人、每一位朋友，甚至每一位陌生人。他們想發自肺腑地告訴每一個人：珍惜吧，珍惜現在擁有的每一分一秒的和平時光！珍惜吧，珍惜彼此之間的親情、愛情、友誼！珍惜吧，珍惜每一條美麗的、珍貴的、鮮活的生命！

因為這一切並不是永恆的。

而對於「三劍客」來說，他們的感受似乎還比其他人更多一些，更深刻一些。那就是他們覺得名譽、地位、財富、金錢，都是浮雲，都是身外之物，只有生命才最是寶貴，只有生命的價值才最值得珍視。

也正因為當時有那樣的感受，調查小組的專家們才在那些日子裡，每一個人都盡一切力量克服困難，克服恐懼，超負荷、超範圍地工作著。

除了鑑識屍體，他們不但幫助克羅埃西亞工作人員將屍體從「萬人塚」中挖掘出來進行清理、屍檢，還和他們一起會見死者家屬，幫助死者家屬認領親人的遺體，安慰那些失去親人的人們。

伊萬妮卡的屍體被發現純屬偶然。

「萬人塚」裡屍體堆積如山，各種姿態慘不忍睹，但是幾具屍體捆在一起的情景還是第一次見到，而且屍體完好的程度比較高。賽瑞爾．韋契特的專業是屍體解剖，這更加引起了他的注意：幾具屍體捆在一起，說明死亡原因可能是被活埋，因為人死了再掩埋是不需要捆在一起的。屍體完好，證明他們被埋葬的時間還不是太長。

「他們應該是一個團體。」可是為什麼他們會被捆在一起呢？「三劍客」一起觀察，他們注意到其中一具特別小，很像一個孩子。照相記錄後，Dr. Lee 讓工作人員解開了捆屍體的繩索。屍體被分開了，清理掉泥土以後，他們發現那具特別小的屍體雖然外形上看很像孩子，但腳上卻穿了一雙女人的靴子，渾身上下都裹在一件長長的黑袍子裡，甚至頭都被裹著。由此，他們判斷這可能是一個女性，或者是女孩。果然，當工作人員掀起黑袍，女性服裝立刻顯現出來。不難想像，在他們遭遇不測時，三個男人還在努力地想保護他們的女同伴。

因為他們的衣著和屍體還有很高的辨識度，Dr. Lee 決定把這幾具屍體立刻編號裝入屍袋，送往醫院進行鑑識。

偌大的解剖醫院，除了運送屍體汽車的馬達轟鳴聲和默默把屍體抬進驗屍房人的腳步聲，幾乎聽不到其他的聲音，尤其聽不到人說話。運送屍體的汽車大部分從醫院的後門進出，駕駛和搬運屍體的工作人員都穿著齊膝的防水靴，戴著厚厚的橡皮手套和面具。

屍體抬進驗屍房以後，「聯合國調查小組」的專家和工作人員根據屍體的腐爛程度和鑑識需要進行分類。醫院的不銹鋼手術臺上，帶輪子的擔架車上，剛剛安裝好的屍體儲存櫃裡，甚至地面上都放滿了屍體。

這裡的手術臺和普通醫院的手術臺有所不同，手術臺一頭是一個大水池，手術臺下放著一個不銹鋼大桶。所有手術臺上沒有床單，或者任何類似的東西，只是冷冷的不鏽鋼檯面……

事實上，在這裡它們都被稱作「解剖台」，因為沒有任何活著的生命需要「手術」。

驗屍房門外的大廳和過道上，放置著一排排連在一起的簡易塑膠椅。來醫院辨認親人屍體的親屬們，有的默默站著，有的坐在簡易塑膠椅上。

親屬大部分都是頭上裹著黑色三角巾，身上穿著黑色衣服的婦女，手上拿著失蹤親人的照片，戰爭奪走了她們的兒子、丈夫和兄弟，她們想知道他們的消息，更盼望他們能活著回來。過道的窗戶外就是醫院的後院，有的親屬就倚靠在牆上，透過窗戶看著一輛輛卡車進進出出。她們知道，卡車裡裝著的是從「萬人塚」挖掘出來的屍體，有的時候，工作人員拉開車廂後門，屍體袋就滑落到地上。她們不知道哪一具會是自己的兒子、丈夫和兄弟。

一位滿臉皺紋的老太太手上拿著的照片上，三個孩子在陽光下幸福地笑著，這笑容和老太太淒苦的臉形成了強烈對比，讓人不忍直視。老人說，三個孩子是她的孫子，同一天和村子裡的所有男人被塞爾維亞武裝帶走了。

親屬中也有男性，但都是上了年紀的老人。一位老人坐在椅子上，一直默默地把頭和臉埋在手臂裡，另一隻手上，捏著一張年輕男人的照片，不用說，那是他兒子。

從第一批屍體被送到驗屍房裡，工作人員就開始了緊張的工作。他們首先記錄號碼，填寫預先準備好的表格，然後打開一個個黑色的屍袋進行清理。其中有一些屍袋上掛著標籤，那個從「一堆」屍體中被分離出來的女孩也在其中。

和在挖掘現場不一樣，醫院和驗屍房的工作人員都換上了工作服和手術服。很容易分辨出來的是，克羅埃西亞醫院的工作人員都穿著長袖白大褂、戴著口罩。她們大部分都是女性，長白大褂下露出一截印著克羅埃西亞民族風格花型的裙子。而「聯合國調查小組」的專家們換上的是短袖手術服。

麥克·巴登、賽瑞爾·韋契特、芭芭拉·沃爾夫、邁克爾，包括安東尼·洛維克博士的手術服，顏色是深藍色的，沒有領子，扣子在後面，左胸口有一個口袋。Dr. Lee 的手術服顏色雖然也是藍色，但是略淺一些，左胸口口袋位置是一個 Logo，是他自備的。

他們都只戴著橡皮手套，沒有戴口罩。在一群黃頭髮高鼻梁的人群中，Dr. Lee 的黑髮特別醒目。由於長時間緊張的工作，他們現在都和平時的樣子完全不一樣了：麥克·巴登的頭髮成了一團亂麻，全偏在一邊頭上，芭芭拉．沃爾夫博士講究的髮捲也不見了蹤影，而是雜亂無章地散亂在明顯消瘦的臉上。從到達克羅埃西亞以來，她幾乎就吃不下任何東西。而女記者崔西，在短短幾天的時間裡也突然成熟了許多。為了給這次挖掘留下第一手寶貴資料，她大部分時間都在萬人塚拍攝。她穿上了皮靴，白襯衣也換成了黑色的。在小組裡，她顯得特別年輕，也特別忙碌。無論是在挖掘現場還是在醫院，她每次向那些失去親人的家屬、或者屍體舉起照相機時，她都會輕輕地向對方點一下頭，同時在心裡反覆說：「對不起，對不起，我打擾你們了。」

讓 Dr. Lee 想不到的是，在整個身分認定的過程中，只有少部分使用了ＤＮＡ基因檢驗技術，這一點也是「聯合國調查組」的其他專家始料未及的。原因有二：第一，大多數被害人要麼是沒有已存的血液樣本可供比對，要麼就是能為他們提供血液樣本的親人早已離開居住地，到很遠的難民營避難去了。對於沒有血液樣本的，必須提取ＤＮＡ樣本，化驗後成立資料庫，並用人類學的方法來推斷死者的身形、身高和體重，做未來比對。第二，有一些被害人的屍體完整，不必使用ＤＮＡ或其他鑑定方法很快就能認證的，「聯合國調查小組」的專家和克羅埃西亞的科學家們，會根據被害人家屬提供的資訊來推斷死亡時間，最主要是死亡原因、死亡方式的鑑識及分類記錄。因此，在很多時候 Dr. Lee 不得不組織專家做一些假設，或者可以稱其為「推斷」。

作為科學家，Dr. Lee 知道這些做法都是無奈之舉，是在缺乏鑑識工作的基礎條件下的無奈之舉。正如 Dr. Lee 所預料的，所有的醫院都被炸毀了，根本找不到任何有價值的檔案識別資訊，哪怕是牙齒、指紋記錄、出生或病歷記錄等，當然更沒有臨死前的記錄，以至於許多個人識別的技術都無法使用。在一些屍體上既沒有發現家人的照片，也沒有可供辨別的紋身等資訊。他們只能根據死者的體重、身高和隨身佩戴的首飾、衣物來大致辨認他們的身分。

一位身著黑色服裝、臉色慘白的母親，幾天來一直拿著一摞男孩的照片默默的站在一個角落。她不停地換著孩子的照片，有的臉部放得很大，有的是孩子在參加活動，但是無論什麼照片，孩子的臉上都展現著燦爛的笑容。來來往往的人都記住了這個孩子，當然，這也正是這位母親所希望的。作為母親，她現在唯一能為孩子做的，就是這樣的舉動了。

和其他人僅僅記住了孩子燦爛的笑臉不同，出於職業的本能，Dr. Lee 注意到了一個細節：照片上的孩子始終穿著有 Nike 標誌的襪子。於是他在整理屍體的過程中特別注意，居然真的給他找到了。

崔西拍下了這位母親辨認兒子屍體的鏡頭，也拍下了絕望的母親還不忘深深感謝 Dr. Lee 的鏡頭。崔西第一次發現 Dr. Lee 的眼睛裡有淚光在閃動。是啊！人世間還有什麼比做父母的看著自己孩子冰冷的屍體躺在面前更淒慘的情景？

答應來現場的牙醫來了，而且來了兩位。儘管他們沒有死者的牙齒診療記錄，但他們記得曾給誰做過牙根管手術或幫誰拔過、修補矯正過牙齒。因此，他們需要扒開死者的嘴，一個一個查看。牙齒的數量多少決定年齡，磨損決定食物，菸渣、咖啡決定生活方式。

不言而喻，這是多麼可怕的工作，但是他們卻做得那麼仔細認真，而且動作非常輕柔，彷彿他們不是在給屍體辨認牙齒，而是在給活人做牙科手術。

一旦辨認出了死者的身分，工作人員便會對屍體進行進一步清洗，然後根據失蹤人員表格的內容，通知親人前來辨認。

忙碌的第一天過去了，工作人員沖洗乾淨解剖台，圍在一起替死者虔誠地做了禱告。要用餐了，注意到大家都沒有什麼食欲，像第一個登上軍用直升機一樣，Dr. Lee不動聲色地帶了頭。直到看著每一個人都吃了簡單的晚餐，他才說：「謝謝大家的努力。在這種情況下，吃也是工作，而且是必須完成的工作。」總結了一天的工作之後，Dr. Lee又說：「根據今天的情況，我們明天要提高效率，調整工作計畫。方法是每一位專家帶領一個小組，分組工作，這樣可以加快速度。」

阿格隆這兩天的心情特別複雜，像所有失蹤者的親屬一樣，一方面他希望能在「萬人塚」中找到伊萬妮卡，另外一方面他又不希望出現這樣的結果。這生死間的矛盾和糾結，讓他們寢食難安。

所以，當他看到伊萬妮卡的父母來到醫院時，他非常吃驚：「你們怎麼來了？是有人通知你們來辨認……」

儘管經歷了「萬人塚」屍體的挖掘、清洗，看到了那麼多恐怖的情景，但是看到伊萬妮卡的父母一瞬間，阿格隆還是心跳加速了，雖然他知道他們也填了失蹤人員表格。

「沒有，沒有人通知我們，是我們自己來的。在家裡也待不住，還是過來看看，沒想到你也在這裡。」烏阿提庫校長說。

戰前，阿格隆和他們見過好多次面，記憶中烏阿提庫校長特別紳士，對晚輩阿格隆也是彬彬有禮，除非在喝了酒以後。而校長夫人十分優雅端莊。每一次伊萬妮卡領著阿格隆到家裡來，她都喜歡得像看到了自己的兒子。她會早早地在餐桌上鋪開雪白的抽紗桌布，拿出銀製的餐具，點上蠟燭。還不忘在餐桌的水晶花瓶中插上幾支紅玫瑰。晚上，一家人坐在面前放著帶花邊的餐巾、綠色盤子和銀色的餐具，在溫柔的蠟燭光照射下發出誘人的光。剛剛烤出來的麵包，散發著香氣籠罩著幸福的一家。

而每一次，烏阿提庫校長總是會把自己釀製的、存了很久的葡萄酒拿出來。夫人通常都是帶著溫柔的微笑提醒校長少喝一點，卻不停地往阿格隆杯子裡倒。晚飯後，她會坐在鋼琴前彈一首優美的克羅埃西亞歌曲，這時候，校長就會帶著微醉神情，放開充滿磁性的男中音，和著鋼琴彈奏的音樂唱起來。而伊萬妮卡會和他悄悄地來到廚房，伊萬妮卡會一邊在水池子裡洗著盤叉，一邊輕聲地為父親和聲。阿格隆則在伊萬妮卡的背後輕輕地擁抱著心愛的姑娘。他一邊閉上眼睛把鼻子埋在姑娘的秀髮裡，聞著少女頭髮裡的香味，一邊隨著客廳裡傳來的鋼琴聲、歌聲的節奏輕輕晃動著身體。如果客廳裡突然只有鋼琴聲而沒有了歌聲，那一定是伊萬妮卡的父親在親吻伊萬妮卡的母親，而這時伊萬妮卡也會停下手裡正在擦洗的盤子或銀餐具，轉過身摟著他脖子，依偎在他的懷裡。他們就這樣在不大的廚房裡，在母親的鋼琴聲中，輕輕地跳起舞來。

那一切彷彿就在昨天。

而此時此刻站在他面前的烏阿提庫校長，蒼老得差一點兒讓他認不出來。而伊萬妮卡的母親也憔悴得像換了一個人。經歷了這場戰爭，經歷了女兒失蹤的痛苦折磨，有誰還能保持原來的樣子？

阿格隆緊緊地擁抱著伊萬妮卡的父母，他感覺到兩位老人在他的懷抱裡微微的顫抖。

「有她的消息沒有？」伊萬妮卡的母親輕輕地但迫不及待地問。看著她滿懷希望的目光，阿格隆只能輕輕地搖搖頭。伊萬妮卡的父親像填表格的那天晚上一樣，默默摟住了妻子的肩膀。他和阿格隆交流了一下最後和伊萬妮卡聯繫的時間，發現他們幾乎是同時失去了伊萬妮卡的聯繫。一種不祥的陰霾瞬間籠罩在校長夫婦和阿格隆的心裡，但是他們誰都沒有說出口。

「走吧，我們進去看一看。總是要……」過了不知道多長時間，伊萬妮卡的父親終於鼓起勇氣。

驗屍房裡，工作人員正在做清理和檢查。五具屍體的嘴巴裡都塞著東西，掏出來以後才發現是一團團報紙。每一張報紙上都血跡斑斑，報紙掏出來以後嘴巴再也無法合起來。五個人的屍體和臉被清洗乾淨了，他們是那麼年輕，彷彿能看到他們曾經青春煥發充滿激情的模樣。看著他們的臉會給人一種錯覺，彷彿他們會馬上站起來，牽著手互相打鬧著，活蹦歡跳地走出這裡。

按照鑑識程序，工作人員檢查了他們的服裝，從四個男青年衣服口袋裡清理出了一些日常東西。和其他的屍體不一樣的，他們的手腕上還戴著手錶，口袋裡有克羅埃西亞的紙幣、鑰匙、十字架和單頁筆記本紙。還找出來一本被鮮血浸透的筆記本，半截梳子。

五個人身上都是傷痕累累，但是唯獨沒有槍傷。而他們中唯一的女孩，身著克羅埃西亞民族服裝，濃濃的頭髮，大大的眼睛，長長的睫毛，不難想像她生前是多麼漂亮的一位姑娘。

Dr. Lee 檢查了女孩子的手：她的手指修長，右手的無名指和食指中間有非常明顯的印痕，證明她是一個經常用筆寫字的人。奇怪的是，女孩身上沒有任何首飾，只有那雙沾滿了泥巴的靴子有些與眾不同，但是究竟什麼地方不同又一下子說不出來。

因為沒有槍傷，邁克爾對他們進行了初步毒物檢測，檢驗結果顯示，也不是毒氣或者其他明顯毒物致死。

「他們是窒息而死。」人類組織和骨骼專家麥克．巴登根據骨骼給女孩做了測試，又把幾個年輕人的眼皮翻開，賽瑞爾．韋契特和Dr. Lee看到，紅色的小點分布在他們的眼膜上。Dr. Lee又把死者的嘴脣打開，同樣，微血管內出血的紅色小點分布在上下脣的內部。大家同意麥克．巴登的判斷：這幾個年輕人都是窒息死亡。根據這些資料，工作人員很快從收到的表格中確認了他們的身分——他們是克羅埃西亞一家報社的幾位年輕的工作人員。

女孩是記者，名字叫伊萬妮卡．烏阿提庫。

阿格隆陪著烏阿提庫校長夫婦，隨著一批家屬走進了停屍房。

來辨認屍體的婦女眼睛紅腫、滿臉悲戚。她們有的互相攙扶著，有的無力地靠著身邊親屬身上，每個人的手上都拿著不知道已經沾了多少淚水的手帕。

一對母女在一具已經腐爛度很高的屍體前站了很久。她們痛苦地辨認著，又否認著。最終，母親從死者上衣的拉鍊上，認出了這是自己的丈夫，然後一下子靠在女兒懷裡失聲痛哭。

同樣悲憤欲絕的女兒，一隻手摟著母親，一隻手用手絹緊緊捂著嘴，強忍著不讓自己哭出聲來，眼睛緊緊盯著這具頭已經是骷髏的「父親」的屍體。

一位婦女在一個黑色屍袋前無聲地哭泣著。屍袋裡是一堆雜亂無章的骸骨，她認出了骸骨中那一串鑰匙。那是他們家的鑰匙，鑰匙扣上清清楚楚地刻著她與丈夫的名字。

一位父親在一副擔架前蹲了下去，擔架上是他年輕的兒子，他從屍體手臂上的一個小刺青認出了孩子。父親的身體彎曲著，淚水成串落在了鏡框裡兒子的臉上……

女記者崔西於心不忍，但又不得不一次次舉起照相機，一次次按下快門，拍下這人世間最悲傷、任何文字都無法描述的情景。

烏阿提庫校長夫婦步履艱難地在一具具屍體前走過。突然母親站住了，彷彿被一根線牽著，她離開了烏阿提庫校長和阿格隆，徑直走到了五具年輕人的屍體前。任何時候母親和女兒心靈都是相通的，看到解剖台屍體的一瞬間，她立刻認出了自己的女兒。與此同時，跟著走過來的烏阿提庫校長和阿格隆也認出了，是他們日思夜想的伊萬妮卡。

阿格隆的大腦完全空了。雖然他已經做了最壞的打算，但是面對殘酷的事實，他還是悲痛難忍。他傻了一樣，看著伊萬妮卡的母親撲到了解剖台前，昏倒在女兒冰冷的、毫無聲息的屍體上。

「聯合國調查小組」的專家們站在他們身邊，不知道用什麼樣的語言來安慰悲痛欲絕的父母，安慰失去愛人的同事。

如果確實有上帝存在，這一刻，他也一定會閉上眼睛、別過臉去，免得把同情的眼淚滴落到人間。

Dr. Lee 默默地看著眼前的一切。

在這之前，Dr. Lee 知道，他們的主要工作是運用各種鑑識技術，包括並運用ＤＮＡ技術，幫助那些受害者的家屬如願認領回自己的親人。現在他瞭解到，儘管過去了兩三年或更久，但幾乎所有的家庭還是一直心懷希望，祈禱他們的家人尚在人間，甚至有的家庭還誤以為他們的親人在監獄服刑。如今面對真相，他們反而不能接受。因為在這其中，有很多人並不是因戰爭死亡的，而是被殘忍殺害的，被害的原因也不是因為他們做過或者做錯了什麼，而只是因為他們的種族和性別。伊萬妮卡．烏阿提庫，是「萬人塚」中唯一一位 Dr. Lee 見過的人。他的眼前出現了十年前美國康州警政廳實驗中心前的那塊長滿綠色青草的斜坡，他彷彿又聽到了伊萬妮卡說「我可以為你們照張合影嗎？」「我真的可以和你一起照相嗎？」一個年僅二十幾歲的姑娘，有寵她的父母、愛她的戀人、有熱愛的記者工作，有蓬勃的生活熱情，有喜歡的音樂，有一切一切……就因為這場可恥的戰爭，她就要這麼死去，就要這麼給摯愛親人留下無盡的傷痛。

Dr. Lee 悲哀萬分！

在這前一分鐘，烏阿提庫校長還不知道自己女兒的下落，他不知道她到底是被關進了塞爾維亞政府的大牢，還是早已不在人世了，而現在……

時間一分一秒地過去了，對於伊萬妮卡和阿格隆來說，就是過去了一生。烏阿提庫校長把妻子交給阿格隆攙扶著，自己對周圍調查小組的專家們深深鞠了一躬，又轉過臉對 Dr. Lee 說：「Dr. Lee，感謝您……我們只是想知道我們的女兒她現在怎麼樣了……」

說著，他突然老淚縱橫，而伊萬妮卡母親早已經泣不成聲。

整個房間瀰漫著一股難以化解的哀戚，每個人都眼含熱淚，安東尼．洛維克博士定了定情緒，示意工作人員按程序把伊萬妮卡和幾位年輕人一起裝入屍袋，推進藏屍箱。這時候，伊萬妮卡母親的目光突然落在了女兒的靴子上，她對阿格隆說：「孩子，能把伊萬妮卡的靴子留給我嗎？」阿格隆無助地轉臉看著工作人員。「太髒了，我幫你洗洗吧。」一位工作人員經過安東尼．洛維克博士點頭允許之後，脫下靴子，看到靴子上沾滿了泥巴，拎起靴子準備去沖洗。

「謝謝你，我的孩子！」伊萬妮卡的母親雙手抱在胸前點點頭。

「等一等，請等一等！」突然Dr. Lee快步走了過去，從工作人員的手上拿過了靴子，送到伊萬妮卡的母親面前。Dr. Lee輕聲對伊萬妮卡的母親說：「靴子的後跟裡有東西？」

就在剛才，Dr. Lee突然明白了，他為什麼一直覺得伊萬妮卡的靴子有些特別。在他破獲過的案件中，曾發生過有人在鞋後跟中藏著祕密的情況。

伊萬妮卡的母親向Dr. Lee點點頭，然後Dr. Lee當著大家的面，把靴子的兩個後跟取了下來。裡面竟然真的分別藏著一個小卷紙和兩卷膠捲！

「原來膠捲在這裡！」阿格隆看著 Dr. Lee 手上的膠捲說：「伊萬妮卡和她的同事們報導了大屠殺的真相，國際法庭一直要找的大屠殺證據就在這裡。」

Dr. Lee 點了點頭。他看著伊萬妮卡和幾具年輕人的屍體，明白了他們的死因。塞爾維亞政府是因為他們報導了大屠殺真相，揭露了他們的罪惡而仇恨他們，要置他們於死地。可以想像，他們一定是千方百計的找到了伊萬妮卡和她的同事們，燒毀了他們的照相機、膠捲和文稿，慘無人道地在他們受盡刑訊、折磨以後又在他們嘴裡塞滿了報紙，在撤離之前故意不槍斃他們，而喪心病狂的將他們捆在一起活埋了。在場的所有人都驚呆了，他們依次上前深深擁抱伊萬妮卡的父母，然後排成一行默默地向這位勇敢的姑娘、向幾位還不知道姓名的年輕人致敬。

9

DETECTIVE

培育鑑識人才

Dr. Lee恨不得自己能生出三頭六臂，希望一天再能多出幾個小時來工作。他已經盡可能把休息時間壓縮到不能再壓縮的地步，把工作節奏加快到其他人跟不上的速度。用餐時，他把自己面前盤子裡的所有食物和在一起，在其他人還在考慮吃什麼、不吃什麼時，他已經像一支吸塵器，狼吞虎嚥地把食物全部「吸」到肚裡了。當然如果這時候有人問他剛才吃了些什麼，他又會一樣一樣都說出來。睡覺就更簡單了，絕對能稱得上「秒睡」，入睡快醒得也快。醒來就立刻投入工作，其實所謂「睡覺」就是他在睏到極點時稍微休息一下。

有太多的問題需要解決，有太多的事情需要考慮。

這次率「聯合國調查小組」來克羅埃西亞，出發前Dr. Lee各方面都做了充分準備，甚至把可能遇到的危險也估計到了最嚴重的地步。正是由於他的充分準備和豐富經驗，「萬人塚」的挖掘和鑑識工作才進展順利。但是有一個問題出乎他的預料之外，同時又必須馬上解決，就是安東尼．洛維克博士提出的：希望Dr. Lee考慮幫助克羅埃西亞解決鑑識人才斷層的問題，用最短的時間、最快的速度為克羅埃西亞培養起一支鑑識科學隊伍來。調查小組的工作時間畢竟有限，更多的工作要靠克羅埃西亞本土的科學家來完成。

安東尼．洛維克博士提這個要求時，自己也意識到這首先是一個教育問題。既然是教育問題，那就得從長計議，不可能「在最短的時間，以最快的速度」，更不可能一蹴而就。而且，這個問題超出了「聯合國調查小組」的工作範圍，即使考慮，最起碼也要在完成「萬人塚」挖掘和鑑識工作結束以後。

但是 Dr. Lee 卻把安東尼．洛維克博士的要求，一直放在了心裡。

不管是在挖掘現場清理屍體，還是在解決很多棘手問題的時刻，他都把如何幫助克羅埃西亞解決鑑識人才斷層，用「最短的時間，最快的速度」培養起一支鑑識科學隊伍這個問題拿出來考慮一下。

有什麼方法呢？這是個教育合作問題，但是似乎又不是簡單的教和學這麼簡單。

用邁克爾的話說，Dr. Lee 有一個神奇的大腦。神奇的地方在於它可以在同一時間同時思考多個問題。據說，康州警政廳有七個會議室，Dr. Lee 可以同時召開七個會議。後一個會議召開的時間比前一個會議晚十分鐘就可以。他從第一間會議室開始，用十分鐘安排需要討論的問題和工作，告訴自己回來聽彙報的時間，然後立刻快步到第二個會議室……依次進行。當他從第七個會議室出來回到第一個會議室時，正好到了檢查討論結果的時間。如果問題解決了或者有了結果，他會立刻宣布依照建議進行並散會，讓下屬去工作。如果問題沒有解決，他會建議他們繼續討論，然後又進入第二個會議室……之所以這樣安排工作，是因為州警政廳的七個部門分管著全州一百三十個城市的巡邏、刑偵、火災、偵察、教育、建築物管理、特勤事務、獄政等工作。如此的工作效率是普通人無法效仿的。

Dr. Lee 能在多學科、多領域得心應手、卓有成效地工作，得益於他超常的天賦，更得益於他的學習經歷和工作實踐。

臺灣警官學校畢業後，他立刻到軍隊服役、到警察局工作。在馬來西亞，他只用半年時間就從記者升任到報社主編。到美國後，由於臺灣的學位得不到認可，他又從本科開始學習。他在紐約大學完成了生物科學的全科學習，同時還在實驗室隨諾貝爾獎得主做了七年的實驗員。十年時間從本科到博士學位。之後，他在紐哈芬大學建起了實驗室，並且授課。

思考問題思維縝密，來自於他科學家的思維方式；解決問題雷厲風行，是從軍、從警培養起的作風；誨人不倦教有所得，是多年授課遵循的原則標準；超前意識充分準備，是領導團隊的責任心所使然。

這樣豐富的實踐經歷和為人品德，使他能夠同時勝任多種工作。而為人誠懇，待人和善的品德，則是來自於中華民族的道德傳統。

Dr. Lee 考慮問題的方式，往往第一步和其他人沒有什麼不一樣，通常他也會準備幾套方案。所不同的是，他會一直不停地給自己出難題，排除那些哪怕有一點點漏洞的方案，最後留下最切實可行的那套去實施。只要決定了實施的方案，他會想盡一切方法、克服一切困難達到目的。

鑑識科學屬於實用型學科，在操作的過程中，既要借助設備儀器對物證進行實驗、檢測，正確執行操作流程，同時還要借助判斷力，對實驗、檢測物證的結果進行正確的判斷。這就使得從事這個學科的人員，既需要經過完整的學習經歷，又要有豐富的現場經驗。這是鑑識科學有別於其他學科的複雜的地方。而鑑識實驗室操作程式的更新和規定，又需要在本領域多次實踐檢驗以後，制定再推廣。Dr. Lee 是美國國家刑事科學委員會的原始成員之一，這個委員會由七個委員組成，卻掌握著全國鑑識實驗室檢查驗收的大權。即使在美國這樣先進發達、各種條件都完備的國家，鑑識實驗室在投入使用之前，也必須經過委員會的嚴格檢驗。

顯然，克羅埃西亞目前的情況，建立鑑識實驗室無異於天方夜譚。

Dr. Lee 充分理解克羅埃西亞現任總統在百廢待舉之中的高瞻遠矚，儘快結束部分地區戰爭是當務之急，但科學人才的培養也刻不容緩。各行各業恢復或許是指日可待的；房子被炸了，三五個月就能建起來；菜園子被毀了，六個月、一年也能夠長出來；但是科學家的培養需要二十年、三十年甚至更長時間。而一支鑑識科學隊伍的完整建立，又需要更長的時間。

一個國家，科學是最大的生產力。這就是為什麼有一些獨裁者入侵了鄰國以後，會將被入侵國的科學人才全部擄走或者讓其「集體消失」的原因。

克羅埃西亞的鑑識科學人才已經斷層，現在面臨大量的鑑識工作需要進行，這些都將是國家安全的基礎。顯然，他們不可能，也不願意一直依靠聯合國的援助，或其他國家的幫助。「聯合國調查小組」目前做的是幫助這個國家儘快結束戰爭，而 Dr. Lee 考慮的是這個國家的未來。

Dr. Lee 的大腦高速運轉，所有的資訊不斷輸入，和他以往的學識、經驗迅速交集、融合，很快產生了一系列反應。他把這些反應再進行斟酌、思考，形成了一些想法。然後，他把想法再進行反覆醞釀、篩選、排除，終於形成了一個初步計畫。

但是他覺得還缺點什麼。

就在阿格隆和伊萬妮卡的父母辨認了伊萬妮卡的屍體，工作人員要去為伊萬妮卡清洗靴子時，一個新的想法突然出現在他的思維當中：為什麼不可以這樣？於是 Dr. Lee 身體靠在一個乾淨的手術臺上，雙臂抱在胸前，眼睛看著驗屍房裡的專家和克羅埃西亞的工作人員，大腦迅速地完成了他的計畫。

阿格隆和伊萬妮卡的父母要離開了，Dr. Lee 叫住他說：「你安排車輛把校長和夫人送回去以後，到我這來一下。」

這也是經驗豐富的 Dr. Lee 在設法幫助他的學生走出痛苦。他見過可愛的伊萬妮卡，他對阿格隆的瞭解，也知道阿格隆是個重情重義的人，他知道這個打擊對他的學生意味著什麼，同時他也知道阿格隆是一位有責任感的人。人死不能復生，現在是阿格隆最傷心的時候，除了安慰，能幫助他的唯一方法就是分散他的注意力，讓他把全副身心轉移到工作上，轉移到不讓自己的國家、人民再發生這樣悲劇的使命中。

果然，阿格隆很快送走了校長夫婦，回到了 Dr. Lee 身邊，著急地問：「老師你是不是有工作要交給我？」

「把校長和夫人送回去了？你以後有機會要經常去看望他們，告訴他們你從今以後就是他們的兒子。」Dr. Lee 正和毒物檢測專家邁克爾在顯微鏡下研究一個骷髏頭，顯微鏡旁邊的桌子上放著幾頁背朝上的紙。聽到阿格隆回來，他停下手裡的工作抬起頭看著他。

邁克爾在旁邊看著 Dr. Lee，他覺得 Dr. Lee 此時此刻像一位慈祥的父親。

「謝謝老師提醒，我剛才已經這樣對他們講了。」阿格隆眼圈發紅，強忍著悲痛對 Dr. Lee 說，「伊萬妮卡是他們唯一的孩子，他們一直把我當兒子。」

一旁的邁克爾看到阿格隆的手似乎在微微發抖，就伸出雙臂擁抱了他，兩隻手在他後背上輕輕拍了幾下。

「你需不需要去休息一會兒？」Dr. Lee 也看到了阿格隆痛苦的神情。

「謝謝老師，我不用休息，我現在最需要的就是工作。」

「那好，我把手上的工作處理一下，你也一起來看看吧。」

Dr. Lee 說著，低下頭把骷髏頭上的子彈孔，調整著不同的光源角度給邁克爾和阿格隆看。

這也是 Dr. Lee 在鍛鍊他的學生。

阿格隆在美國康州警政廳跟著 Dr. Lee 學習過，Dr. Lee 對那時候的阿格隆是非常瞭解的。在他看來，阿格隆是一個非常有能力的優秀男子漢，但是和所有優秀的人一樣，他也有自負的一面。自負和自信雖然只有一字之差，但卻有著本質的區別。那時候 Dr. Lee 認為阿格隆還年輕，等到他經歷了一些事情以後，這份自負也許就會變成自律，然後在自律下變成自信。

「好的，請老師放心，我知道應該怎麼做。」阿格隆點點頭。

Dr. Lee 聚精會神地在顯微鏡下觀察了一會兒骷髏頭上的子彈孔，向邁克爾和阿格隆解釋道：「這一顆子彈雖然貫穿了整個頭蓋骨，但是是從後腦勺射進去的。而且從彈孔分析，槍口是貼著死者的後腦勺打進去的。一般槍傷都會留有火藥的痕跡，通常我們是根據軟組織被火藥灼傷的程度來分辨槍管與彈孔的距離的。雖然這顆頭顱的軟組織已經完全腐爛了，但是只要你掌握了子彈和物體接觸後產生的痕跡知識，就能分辨出子彈進出口的區別。比如這一顆骷髏上的子彈孔，乍看前後一樣，但是在顯微鏡下仔細分析，就能分辨出子彈的進口處有明顯被火藥燒灼過的痕跡。但是因為槍口離頭顱非常近，所以後腦勺彈孔外面是光滑的，雖然內側彈孔的骨頭也很光滑，但是你在顯微鏡下仔細觀察，就可以明顯看到彈頭衝出骨頭造成的毛糙痕跡，它的物質是向外的。還有，進口彈孔比出口彈孔高很多，又告訴我們子彈穿過頭顱的彈跡是自高而低的，說明死者是跪或者坐著、手槍是貼著後腦勺近距離從上而下開槍的。換句話說，這是謀殺或者刑場執行槍決的彈孔，而不是作為戰士在戰場上被遠距離打死的彈孔。」

邁克爾雖然是毒物檢測專家，但是他對 Dr. Lee 非常崇拜，他們也是好朋友。所以一有機會，只要能擠出時間，邁克爾就向 Dr. Lee 請教有關鑑識的知識。而 Dr. Lee 也毫無保留地把邁克爾希望瞭解的知識，仔仔細細地解釋給他聽。

克羅埃西亞「萬人塚」挖掘出來的屍體，絕大部分是平民，也有少部分是軍人。對軍人的屍體，克羅埃西亞政府還是希望能夠盡可能詳細地分析出他們的死因。換句話說，克羅埃西亞政府希望 Dr. Lee 他們能分析出這些屍體是作為戰士、非戰士身分還是平民被打死的。比如那些俘虜和平民，是被綁持或是被執行死刑的，還比如這個已經沒有了任何軟組織的頭蓋骨上的子彈孔。

阿格隆在一邊仔細聽著，痛苦好像緩解了一些。

Dr. Lee站起來，摘下手上的橡皮手套向邁克爾交代了一些事項，然後轉過身，看了離他們不遠的安東尼．洛維克博士一眼，接著就拿起顯微鏡旁邊的那幾頁背朝上的紙，對阿格隆說：「我們出去談吧。」

阿格隆跟著Dr. Lee離開了手術臺，向驗屍房的門口走去。手術臺在驗屍房的最裡邊，要走出驗屍房必須要經過所有停放著的屍體。Dr. Lee邊走邊輕聲對阿格隆說：「也許其他的老師會在這個時候讓你去休息，但是以我對你的瞭解，你現在更需要的是調整和釋放。工作也許可以幫助你。」

工作人員又打開了一批屍袋，其中有一具屍體是一位年輕的士兵，乾淨的臉上還能看出黑黑的眼睫毛。這具屍體的旁邊就停放著那具胸口被炮彈炸了一個窟窿的士兵屍體，為了不讓辨認死者的親屬太傷心，工作人員用鋼盔把士兵胸口的窟窿遮擋了起來。

Dr. Lee和阿格隆在這具屍體面前站了好一會兒，才繼續向門口走去。

「我們學鑑識科學的，註定要和各種死因的屍體打交道。記得你在美國的時候，我們也一起為很多屍體做過鑑識。」

Dr. Lee對阿格隆說：「你是我的學生，所以我對你有所瞭解，對伊萬妮卡的死，其實你已經有了心理準備。你在向聯合國申請要專家們來為『萬人塚』做身分鑑識的時候、去康州找我的時候，你的心裡就已經有所準備了，只是你不能接受現狀而已。其實我們每一個人心裡都非常難受，沒有一個人能接受親人離去的事實，哪怕他不是死於非命。」

他們已經走到了驗屍房門口，Dr. Lee 又一次停下腳步轉過身，目光再一次掃過驗屍房裡的屍體、正在清理屍體的專家、工作人員以及正在辨認屍體的親屬們。

阿格隆也跟著老師的目光看著驗屍房裡的一切。

Dr. Lee 面生戚然，繼續開導阿格隆說：「你看，有些屍體長年累月埋於地下，已經腐爛分解得無法辨認。但所有專家和工作人員從來都沒有忘記，他們每一個人都曾是某人的兒子或女兒、兄弟或姊妹，將他們的屍體挖掘出來交還給親人，也能給親人們帶來一絲絲的慰藉。我相信，我的那些美國同事和你的克羅埃西亞同事都有相同的感受，不但用DNA鑑定技術確定死者身分責任重大，在挖掘這些屍體時同樣責任重大。

「我們中國有一句話，『無情並非真豪傑』，但是男子漢有男子漢的責任。一是家庭責任，一是社會責任，現在是克羅埃西亞的特殊時期，社會責任在此時此刻是每一個男子漢必須承擔起來的國家責任。」

「聯合國調查小組」的專家，包括安東尼．洛維克博士，看到 Dr. Lee 耐心疏導著阿格隆，都為阿格隆鬆了一口氣。幾天一起工作，他們和阿格隆之間產生了非常深的感情，對他的痛苦也是感同身受。

大家都希望他暫時忘掉痛苦，全力以赴投入工作。

阿格隆看到老師放下手上的工作，一次次動之情曉之理地為自己排解憂傷，內心十分感激。他明白老師的良苦用心。是啊，看著眼前那些和他一樣滿懷悲憤的家屬，看著那些躺著的屍體，有多少工作在等待著他們啊！老師說得對，自己其實心裡早就有準備了。是這場罪惡的戰爭奪去了伊萬妮卡（她）的生命，破壞了他的幸福，也破壞了千千萬萬個家庭的幸福。作為一個男人，作為一個科學家，他承擔著兩份責任，除了在心裡悼念自己的親人，更應該擔當起國家賦予自己的責任。看看自己的老師，看看「聯合國調查小組」的專家們，他們冒著生命危險來到克羅埃西亞，夜以繼日的工作，他自己發生任何情況都沒有理由影響工作，也不能讓老師和大家為自己擔心。

阿格隆向 Dr. Lee 轉過臉，聲音有些哽咽但非常清晰地說：「謝謝老師，我給你添麻煩了。我知道了我的責任，我會努力工作的。」

Dr. Lee 這才把那幾頁紙交給了阿格隆說：「你把它交給安東尼．洛維克博士。你們考慮一下這個計畫，如果沒有問題就開始實施。計畫分三部分：第一部分可以馬上開始，第二部分在『聯合國調查小組』離開時落實，第三部分你們拿出具體措施，我們在美國可以協助你們完成。」

接到 Dr. Lee 的計畫，安東尼．洛維克博士非常吃驚。說實在的，「聯合國調查小組」的工作量已經夠大了，尤其是他們又主動參與了會見辨認屍體親屬的工作。對於克羅埃西亞來說，「聯合國調查小組」關於萬人塚屍體死亡原因和身分鑑識報告至關重要，這也是安東尼．洛維克博士的主要任務。如果崔西檢查她在「聯合國調查小組」於克羅埃西亞工作期間拍攝的照片會發現，安東尼．洛維克博士參與了全部過程，除了 Dr. Lee，安東尼．洛維克博士是「出鏡」最多的一位。

安東尼．洛維克博士是人類學科學家，原本他醉心科學研究不過問政治。他的學生中有像阿格隆這樣，留美學成歸來報效祖國的，他為他們自豪；而學成不歸，留在美國工作的學生也為數不少。作為個人，他也為他的這些學生高興；但是作為一個熱愛祖國的科學家，他又為他們惋惜，他認為他們失去了為自己國家服務的機會。

是這場戰爭徹底改變了他的生活。阿格隆向國際社會呼籲尋求幫助，向聯合國申請調查「萬人塚」，邀請有「國際神探」之稱的 Dr. Lee，包括「三劍客」在內的科學家組成「調查小組」來克羅埃西亞等一系列計畫，也是由他向總統彙報並得到支持的。對總統要求他「一定要把挖掘、鑑識屍體的身分、死亡原因報告做好」的指示，他是理解而且欣然接受。因為這關係到能不能把拉特科．姆拉迪奇、拉多萬．卡拉季奇和米洛塞維奇（前者為塞爾維亞軍隊指揮官、大屠殺事件的領導者和組織者，後者為塞爾維亞政治領袖）送上國際法庭，並儘快結束戰爭。但是對總統「務必取得支援，儘快重建克羅埃西亞鑑識科學隊伍」的特別指示，他是有想法的。如此重要的工作怎麼可以寄希望於一個外國人？哪怕他是一位國際神探。Dr. Lee 和「聯合國調查小組」冒著生命危險來到克羅埃西亞，特別是和 Dr. Lee 在一起工作、交流的過程中改變了他的觀點。如果說挖掘「萬人塚」、鑑識屍體是克羅埃西亞的當務之急，那麼戰爭結束以後，專家人才的培養就是重中之重，所以他誠懇地向 Dr. Lee 提出了幫助的要求。

但他萬萬沒想到，沒日沒夜在自己眼皮子底下工作的 Dr. Lee 居然還能拿出一份切實可行的計畫，太不可思議了。

他迅速地瀏覽了一下計畫，心裡的歎服溢於言表，他對阿格隆說：「他怎麼考慮得這麼細緻周到，分步實施的時間都安排好了！真是了不起！我們為什麼就沒想到呢？」

阿格隆見怪不怪地說：「我們怎麼可能想到呢？如果我們想到了，我們就都是 Dr. Lee 了。」想了想又覺得並沒有表達出想要表達的意思，就又補充說，「這就是為什麼，全世界只有一個 Dr. Lee 的原因。」

在 Dr. Lee 的計畫中，馬上就可以執行的部分，是從現在參與鑑識屍體工作的、克羅埃西亞斯普利特醫院的工作人員中，挑選一批優秀的人，組成五個小組，每一個小組跟著一位專家，向專家學習操作。這種邊教、邊學、邊操作的教學方式，正是他多年實踐下來最行之有效的教育方式。因為鑑識科學，很大一部分工作是要由科學家親自動手做實驗的。在現場取得物證送到實驗室以後，需要立刻進行多種分析才能做出鑑識結果。物證分析有些需要在顯微鏡下認真觀察、有所發現，再用經驗做出判斷；有的實驗需要很多儀器分析，過程必須不間斷進行，再經過資料比對得出結論。

安東尼．洛維克博士在 Dr. Lee 的計畫中受到啟發，除了現有人員，又緊急調來一批普利特醫院法庭科學小組的學生，他的計畫是這一批大學生一邊幫助鑑識屍體工作，一邊請 Dr. Lee 給他們授課。

Dr. Lee 計畫的第一步，一方面可以把克羅埃西亞國家的鑑識隊伍初步建立起來，一方面加快了目前的鑑識工作，同時這一批人員又可以在以後的挖掘和鑑識工作中發揮作用。

選拔合適的人選到美國繼續深造，動員在美國工作的鑑識科學專家回到克羅埃西亞工作，是 Dr. Lee 計畫的第二和第三部分。

為了幫助克羅埃西亞同行，Dr. Lee 要求專家們盡可能多地教克羅埃西亞的同事，尤其現在，在不能用傳統人類學方法進行個人識別時，要告訴克羅埃西亞同行們該如何處理。克羅埃西亞同事遇到任何問題，都可以向自己的老師請教。他自己只要有時間，便會和他們一起工作，遇到有問題向自己諮詢的，Dr. Lee 傾囊相授。

安東尼．洛維克博士認為，Dr. Lee 的這個計畫可謂「一箭三鵰」！

鑑識學科，除了學習和經驗還要借助儀器設備。Dr. Lee 對安東尼．洛維克博士說：

「專家小組離開以後，所有儀器設備和沒有用完的試劑全部送給你們。這樣，我們離開後你們用儀器分析及DNA鑑定技術來對剩下的屍骨進行辨認。」

同時 Dr. Lee 和麥克．巴登、賽瑞爾．韋契特、芭芭拉．沃爾夫、邁克爾博士以「聯合國調查小組」的名義進一步向國際人權組織和慈善機構申請捐助，而且附上研究專案需要的儀器設備清單。為了助推研究經費批准，他同意女記者崔西立刻向國際社會公布挖掘「萬人塚」的現場照片。然後又親自給美國總統夫人打電話，要求追加對克羅埃西亞的人道援助及科研經費。

「在聯合國保護地區居然發生了如此殘忍、規模巨大的屠殺事件，塞爾維亞軍事力量在克羅埃西亞進行『種族清洗』！」

挖掘「萬人塚」的照片和報導立刻引起了國際社會的廣泛關注。與此同時，由於「聯合國調查小組」和 Dr. Lee 的親自呼籲，克羅埃西亞爭取到了一批科研經費和人道援助。

這次大屠殺事件，後來之所以會為人們廣泛關注，有兩方面的原因：第一，此次暴行的嚴重性是前所未有的。塞爾維亞軍隊發動大屠殺時，開始並沒有引起國際社會的足夠關注，聯合國維和部隊也沒有即時干預。第二，以 Dr. Lee 為首的「聯合國調查小組」向人權組織提供了報告。報告以大量屍體死因鑑識結果，證明了大屠殺的對象是普通民眾，而且手段極其殘忍。

災難、痛苦是人生最好的成長營養，它縮短了人生的成長過程。儘管在非常惡劣的環境下工作，克羅埃西亞的工作人員進步非常快，他們不僅悟性極高，也十分認真好學。

在 Dr. Lee 的職業生涯中，為多具屍體同時進行鑑識的工作也是不少見的。比如空難，但空難事故發生後，鑑識人員一般都是第一時間就趕到了現場，屍體都是新鮮的，辨認死者身分相對要容易一些。但這次，死者被埋入「萬人塚」時間不是同一時期，所以有些屍體還很完好、有些屍體腐爛程度已經非常高了。因為屍體腐爛程度非常高，又無法確定死亡時間，就無法用遺傳標記來進行身分的同一認定，給個人識別工作帶來很大的困難，工作量特別巨大。「聯合國調查小組」只能用縮小目標範圍或排除對象的方法來鑑識死者身分。

而就在 Dr. Lee 率領「聯合國調查小組」有條不紊地推進工作、縮小範圍時，一支武裝力量也悄悄地用縮小範圍的方法，向這個地區突襲而來。

10

DETECTIVE

塞爾維亞的突襲

在這樣一個幾乎到處充滿死亡恐怖、悲傷氣息，隨時隨地會發生危險的環境中，沒有比兩條鮮活的小生命的完全依賴更能溫暖人心，更能讓你覺得自己的價值了。

芭芭拉．沃爾夫和崔西兩位女性就被兩條小狗帶來的快樂慰藉著，無形中也幫助她們排解了心理上的壓抑，激發了心底深處那份柔柔的母性。只要崔西把手指頭放在牠們的小嘴旁邊，牠們就馬上張開嘴巴、同時發出嗷嗷待哺的「嗯嗯」聲。為了能讓牠們活下來，崔西請克羅埃西亞的護士幫忙，找一個比正常規格小一些的奶嘴，但是費了九牛二虎之力，最後還是芭芭拉．沃爾夫博士有辦法，用一個大針管每天把牛奶推到牠們的嘴裡。幾天以後，當她們把蘸著水的麵包放在小傢伙們的嘴邊時，牠們馬上就伸出粉紅色的小舌頭舔了起來，這才讓芭芭拉．沃爾夫博士和崔西鬆了一口氣。

只要會吃，牠們就能活下來。

兩個小傢伙大部分時間都在睡覺，醒了也不鬧。有人抱的時候牠們會乖乖地依偎在人懷裡，沒有人抱的時候，牠們彼此靠在一起取暖。吃飽了以後，小肚皮圓鼓鼓的，隨著呼吸的節奏一上一下起伏著，十分惹人喜愛。

一天工作下來，雖然有時候累得連說話的力氣都沒有，但是只要回到帳篷看到兩個小傢伙，芭芭拉·沃爾夫博士和崔西會馬上露出笑容。崔西還悄悄地給兩隻小狗起了名字：一個叫波士尼亞、一個叫克羅埃西亞。芭芭拉·沃爾夫博士說，這樣可能對兩個國家不太尊重。崔西也同意，但還是這樣悄悄地稱呼他們。

儘管是「遺孤」，但在眼下的環境中，顯然調查組不適合照顧牠們，但所有人又都不忍心丟掉。崔西和芭芭拉·沃爾夫博士住在一個帳篷，兩個人決定在帳篷角落放一個紙箱，給牠們一個暫時的家。崔西還在箱子裡放了一條毯子。雖然沒想好等她們離開時怎麼安置這兩條小狗，但是現在她們是兩個小傢伙的監護人了。兩個小傢伙居然也很快熟悉了她們的腳步聲和味道。只要她們一回帳篷，牠們就會向著她們的方向抬起頭，嘴巴裡發出嗯嗯的聲音。

「我們能把牠們帶走嗎？」崔西盤腿坐在被褥上。她把小狗放在腿上，一隻手輕輕地撫摸著，一隻手擺弄著照相機，回看白天拍的照片和影片。

「我也不知道啊。」芭芭拉．沃爾夫博士幾乎和崔西一樣的姿勢，一邊照料著小狗，一邊就著微弱的燈光看書。

「我想把牠們帶走，牠們太可憐了。」崔西不看照片了。她放下照相機，身體向後倒下仰面躺著，把小狗向上挪了挪。小狗舒服地躺在她的胸前，「等我回到美國在電視臺放那天的錄影，一定會有很多人關心牠們的下落，我不能丟下牠們。」崔西看著帳篷頂，語氣非常堅決。

可能是崔西的語氣讓芭芭拉．沃爾夫博士有些意外，她從書上抬起頭，眼睛看著崔西。雖然接觸時間不長，但是芭芭拉．沃爾夫博士對年輕女記者的表現非常欣賞。她勇敢、能幹，而且很懂事。芭芭拉．沃爾夫博士看了看自己腿上的小狗說：「是啊，仔細想一下那天的情景，是我們驚動了牠們已經無家可歸的生活。要不是我們，牠們的媽媽也不會被炸死。」想了想又補充道，「邁克爾說得對，我們應該對牠們負責任。不，應該是由巴登對牠們負責。」

「對！找巴登去，他一定會有辦法！」說著，崔西翻身坐了起來，用兩隻手把小狗高高舉在頭上說，「我來為你們討回公道！他要對你們媽媽的死負責，要對你們以後的生活負責。他以後是你們的監護人，我還要經常檢查他的工作，不許他虐待你們。」

看著崔西孩子氣的動作、表情，還有煞有介事地要為小狗們討回公道的決心，芭芭拉·沃爾夫博士笑了起來。崔西自己也開心地大笑起來，這是她們到克羅埃西亞以來難得的大笑。「這可能會牽涉到一個國際關係的問題。」芭芭拉故意逗崔西。她索性放下書輕輕點了點小狗的鼻子。說，「你們的崔西媽媽要為你們伸張正義嘍！」

「國際關係？有這麼嚴重嗎？不就是兩條小狗嗎？」崔西不以為然地看著芭芭拉·沃爾夫博士。

「動物也是生命，如果沒有得到允許就帶走牠們，屬於走私。如果要想得到允許，就要辦理手續。」

芭芭拉·沃爾夫博士說崔西想把小狗帶回美國屬於走私，是在逗崔西，但要辦手續確實是實實在在的事情。因為芭芭拉以前經常帶小狗出門旅行。

崔西抱起小狗，故意向芭芭拉帶著央求的腔調說：「我們快一起求求芭芭拉媽媽吧，要不然你們就要留在這裡啦！」

「妳呀！」芭芭拉疼愛的看了崔西一眼，抱著小狗站了起來。她把小狗放回到了盒子裡，想了想說：「狗狗們是不能留在這裡，但是真的帶回去也有麻煩。妳經常出去採訪，誰來照顧牠們？還是應該交給巴登。但是不管交給誰，首先要想方法把牠們帶回美國去，妳是不是這個想法？」

崔西笑了，她抱著小狗走到芭芭拉身邊，歪著頭看了看翻開的書頁問道：「妳看的是什麼書？燈光太暗了，字這麼小，妳看得見嗎？」

「這是我的專業書。Dr. Lee 安排了幾個克羅埃西亞的學生跟著我，她們都很用心，我要多教她們一點。」芭芭拉說，「看著自己的國家被糟蹋成這樣，她們的心情我非常理解。說真的，我特別特別佩服 Dr. Lee，他的腦子裡怎麼會有那麼多的主意？」

兩個人每天一起工作，同住一個帳篷，早已變成了無話不談的朋友。

「妳認識 Dr. Lee 好多年了吧？他真是太神奇了，他可是我們全家的偶像。」崔西低頭又翻了一下芭芭拉的書，彷彿是無意地問芭芭拉。

「我們合作很多年了。我本來是可以回英國的，為了他我重新學習了專業。」

「妳是不是在暗戀他？你一直沒有結婚是不是因為愛……」崔西畢竟還很年輕，有些口無遮攔。

「這個世界暗戀的人還少嗎？不僅有女人還有男人呢。這有什麼稀奇的？少見多怪！」沒想到芭芭拉一點不隱瞞自己的想法。她又走到放小狗的盒子旁邊，輕輕為小狗蓋好了毯子，想了想又怕捂著小狗，把小狗的腦袋挪了挪位置，才回到自己的床上捧起了書。她看到崔西還愣著看她，便認真地說，「愛他是任何人的自由，關鍵是人家愛不愛妳。順便提醒一下，在他的眼睛裡，只有他太太是女性，其他的人都是中性的。」

「好神奇的中國人。」崔西嘟囔了一句。

「好好想想怎麼把小狗帶回美國吧。」芭芭拉低頭認真的看起書來。

聽到崔西的要求，巴登哭笑不得，特別崔西還拉了邁克爾，這個世界聞名的毒物檢測專家來助陣，讓他更不敢立刻拒絕。邁克爾一臉的嚴肅認真，好像如果巴登不答應，他就會用一百種方式置他於死地。因為跟 Dr. Lee 的關係，他去過邁克爾在賓夕法尼亞州的工作室，在那以前他從來沒想過，世界上居然會有那麼多毒素物質，而每一種邁克爾幾乎都有相應的檢測手段。有時候看著邁克爾臉上凹凸不平的皮膚，巴登都總想提醒他，少接觸一些毒素物質，他認為是那些毒素破壞了邁克爾臉上的皮膚。

「你們當真要我撫養『遺孤』啊？」巴登看著崔西。

「帶牠們走吧，你看牠們多可憐？主人沒有了，媽媽也沒有了。我答應你，到了美國，我請你吃大餐。不，我送你一套名牌服裝，品牌由你選。」崔西央求著。

「這個事情我真的決定不了。帶牠們走雖然沒有芭芭拉說的那麼麻煩，但是手續肯定是要辦的。」巴登自己也養狗，他的說法和芭芭拉倒是幾乎一樣。看著崔西好像要哭的表情，又馬上說，「我問問Dr. Lee吧。但是，妳也要有心理準備，這事難度非常大。因為我們現在是在「萬人塚」地區，這裡的環境已經完全被污染了，而且比較嚴重。妳看，這麼多屍體被挖掘出來，會不會爆發瘟疫？動物身上原來就會有細菌，又是在這裡出生的……」下面的話，巴登沒有繼續說下去。

「瘟疫？細菌？」崔西看看巴登，又看看邁克爾，「那我和芭芭拉天天跟牠們生活在一起，還經常抱著牠們，我們也不能回美國了？」

「這個倒沒有那麼嚴重，但是這裡的環境被污染是肯定的。要不為什麼Dr. Lee要指名他來參加這次行動？」巴登指了指邁克爾，又接著對崔西說，「所以地震、空難、海嘯發生以後，尤其是對長期、大面積掩埋屍體的地方，第一件事就是要趕殺動物。即使我們人回去，也要進行嚴格的消毒，更不用說動物。這事真的可能有一些麻煩。」巴登又轉向邁克爾，「這方面是你的專業，你是最瞭解的。」

「你這麼一說我就更要帶牠們走了，如果留下來牠們肯定會沒命的。」崔西的眼圈立刻紅了。

「我來想辦法吧，我去向 Dr. Lee 請求。」英雄難過美人關，只要是女孩子提出的要求，巴登基本上都會答應。雖然他的表情彷彿有點無可奈何的樣子。

「你答應了！邁克爾，你作證。」崔西看到巴登有了鬆動的意思，立刻抓住不放，還找了證人。

巴登沒說什麼，只是重重地把手拍在自己的心口上。他的手很大，加上五個手指頭是張開的，所以顯得特別有誠意。

崔西背著她的照相機歡天喜地地走了。

巴登目送著崔西離開了很遠，才慢慢地轉過頭來。他把手繼續留在心口上，臉向著邁克爾，像是變戲法似的，一臉痛苦的表情，哪知道還沒有等他開口賣人情，邁克爾就瞪大眼睛說：「你為什麼要答應她？你不知道這事有多難嗎？你的『遺孤』要移民美利堅，首先要進行檢疫，要內外消毒。內外你懂嗎？就是除了皮毛還有內臟，內臟怎麼消毒，你懂嗎？就是要排除所有的食物。而這一切都和我的專業有關……」兩個人都知道，邁克爾說的只有一半是對的，另外一部分純粹是胡扯，但是還沒等巴登反應過來。邁克爾又說，「最關鍵的是，那天我還承諾了，如果牠們將來要接受高等教育，我還要資助你。」邁克爾簡直是要聲淚俱下了，「你剛才還提醒了我，如果你這一次不幸染上了瘟疫，我繼承不了你的任何財產，可是我得要承擔撫養牠們的責任。噢，上帝呀！」邁克爾臉上的表情比巴登還痛苦一百倍。在他的嘴裡，兩條小狗又變成了巴登的「遺孤」。

說完，邁克爾看也不看巴登，彷彿是要模仿巴登的動作，也伸出張開五個指頭的右手，但他沒有把手拍在胸口上，而是向上一移，重重地拍到了腦袋上。

邁克爾的手也很大，他的手掌拍在了額頭上，五個手指蓋住了半個腦袋，只留下了半張臉，轉身走了。

這時候，如果有誰向邁克爾迎面走來，一定會以為他獲得了大獎，毒物專業的最高獎，因為邁克爾強忍著笑，臉憋得通紅。

而他的身後，是一臉生無可戀表情的人類學專家巴登。

輕鬆和歡樂並不會讓突襲停下腳步。這場「突襲戰役」是塞爾維亞武裝專程為「清洗」調查小組而來的，還僅僅是一場不期而遇的遭遇戰，現在不得而知，將來也沒有任何資料可查，更不會「載入史冊」。但是指揮官的犧牲卻是真實的，它再一次讓 Dr. Lee 和專家們親眼目睹、親身經歷了戰爭的殘酷和民族仇恨帶來的結果。

距離專家們挖掘「萬人塚」工作不遠的地方，駐紮著一支克羅埃西亞軍隊，他們肩負著保衛這一地區的安全任務，也承擔著保護「聯合國調查小組」的責任，指揮官就來自這支軍隊。特勤隊接手保護專家們的工作以後，指揮官回到軍隊，認真向司令官彙報了他執行保護任務的經過，特別介紹了和「國際神探」在一起的所見所聞。這引起了司令官的極大興趣，他特別想見一下「國際神探」，於是向全體「聯合國調查小組」的專家們發出了到軍營做客的邀請。

Dr. Lee 和專家們接受了邀請。這天工作結束以後，在安東尼·洛維克博士的陪同下，專家們應邀到了軍營。

這一地區的所有建築物都被摧毀了，軍隊也住在帳篷裡。司令官身材魁梧、挺拔，而且非常帥氣。他在平時用來召開軍事會議的大帳篷前架起了一張長條桌，接待客人們。雖然是物質極其匱乏時期，司令官還是盡最大努力做了「充足」準備。克羅埃西亞人自己釀製的紅、白葡萄酒肯定是少不了的，因為能夠拿出的食物實在太少了，司令官安排殺了一頭羊。

能夠在這樣的情況下有新鮮的烤羊肉享用，實在是非常難得的事情，麥克．巴登和賽瑞爾．韋契特一直誇張地對著烤羊肉嗅鼻子。弄得邁克爾不止一次地開玩笑提醒他們，不要把口水滴到羊肉上。

傍晚，夕陽輝映著大地，帳篷背後連綿不斷的山脈、不遠處長長的海灣、倒映在海水中的峰巒，原木搭成的碼頭靜靜伸向海面，這一切彷彿是一幅絕美的畫卷。

一切寧靜而祥和。置身這樣的景色中，人們完全忘記了這裡曾經發生過戰爭，或者將要發生意外事件。

司令官向 Dr. Lee 和專家們高高舉起酒杯，感謝他們冒著生命危險來到克羅埃西亞工作。司令官說：「你們的到來讓我們克羅埃西亞人民感覺到了溫暖，感覺到美國人民與我們同在，整個世界與我們同在。你們用實際行動鼓勵了克羅埃西亞人民重建家園。」他說，他知道按照國際禮儀現在他應該請客人代表，也就是他崇拜已久的 Dr. Lee 講話，但是他建議大家先乾一杯，因為他看到那些酒一直在向大家招手。

司令官熱情體貼的話語從耳中直達心靈，香醇的葡萄酒從口中滑入喉嚨，幾天夜以繼日辛苦的工作，難得這樣放鬆情緒，每個人的心都溫暖起來。

Dr. Lee 代表專家們感謝司令官的邀請，感謝他在困難的條件下為大家準備了這麼多食物，當然還有會向大家招手的美酒。他建議先為司令官乾一杯，免得那些酒覺得被司令官重視而被他冷落了。Dr. Lee 幽默的語言讓氣氛更加熱烈，司令官爽朗的笑聲感染了每一個人。

Dr. Lee 又感謝指揮官盡職盡心地保護「聯合國調查小組」專家們的安全，還特別感謝了阿格隆、安東尼．洛維克博士。Dr. Lee 說：「正是我的學生阿格隆讓我瞭解了巴爾幹半島發生的這些暴行，也是他說服了我，讓我和其他鑑識科學專家一道來到這塊歷經風霜的土地，對大屠殺事件進行調查。」最後他提議：「為帥氣的司令官，為勇敢的軍官們，更為克羅埃西亞早日結束戰爭，人民恢復幸福安康的生活舉杯！」

司令官不甘落後，再一次建議大家，為天才的 Dr. Lee，為來主持正義的朋友們乾一杯。

為「聯合國調查小組」工作、陪同 Dr. Lee 是指揮官有生以來最引以為傲的經歷。更令他興奮不已的是，為了表彰他工作得力，今天的活動司令官特地安排他坐在 Dr. Lee 的旁邊。指揮官一杯接一杯地敬著司令官和 Dr. Lee，又繪聲繪色地向軍官們講述，在直升飛機上、在挖掘現場，Dr. Lee 的傳奇故事，講述 Dr. Lee 如何分析地雷的種類、設計掃雷措施、又在伊萬妮卡的鞋後跟裡找出了膠捲。特別是他從一條流浪狗的出現分析出芭芭拉身上的味道，在灌木叢中找到剛剛出生的小狗的故事，聽得軍官們目瞪口呆。他們一致要求 Dr. Lee 為他們再表演一遍。有的還請 Dr. Lee 幫忙分析自己以前遇到的奇怪事情。盛情難卻，Dr. Lee 向軍官們介紹了「三劍客」，又講述了他們共同偵破的幾樁特別詭異的案件。

司令官也饒有興致地聽著，這些故事他並不陌生，指揮官早就一一彙報過了，但他還是會被感染，被震撼。他和 Dr. Lee 約定，戰爭結束後他帶著指揮官和其他軍官去美國 Dr. Lee 實驗中心參觀。

阿格隆、安東尼．洛維克忙著給大家做翻譯，女記者崔西不停地舉起照相機，留下了一幕幕精彩的瞬間。

酒讓每一個人的心裡都燃燒起一股熱情，友誼激蕩在所有人的心中。軍官們、專家們都不停地舉起手中的酒杯，一邊喝得酣暢淋漓，一邊不管對方是否聽得懂自己的語言，盡情地訴說著美好的感受。

坐在Dr. Lee旁邊的指揮官，突然神祕地看了大家一眼，向Dr. Lee眨了眨眼睛，微笑著解開軍裝胸口的扣子，從貼身口袋裡拿出了一張照片。他帶著掩飾不住的幸福表情，把照片放到嘴邊輕輕吻了吻，又按到胸口使勁地揉了揉，才把照片送到Dr. Lee眼前。照片上是一位年輕的母親和兩個男孩。男孩和指揮官長得很像，不用說，這是指揮官的妻子和他的兒子。Dr. Lee看著照片，真誠地誇獎指揮官的妻子漂亮、兒子可愛。指揮官臉上的表情更溫柔了，他端詳著照片上的妻子和孩子說：「她們的確漂亮可愛！我太愛他們了。」想了想又說，「真羨慕你們的孩子，他們不用擔心爸爸會回不去。希望這場戰爭儘快結束，我帶他們去美國看你。」

Dr. Lee的心裡滾過一陣陣熱浪，他也想起了遠在美國的妻子和一雙兒女。他使勁拍了拍指揮官的肩膀，兩個人同時把自己的杯中酒一飲而盡。

突然，司令官抓起面前一瓶酒，仰起脖子一口氣喝乾了，然後粗粗地喘了一口氣，一邊用手抹著嘴唇，一邊用瓶頸敲了敲另外一支酒瓶，酒瓶發出的清脆聲音使大家立刻安靜了下來。Dr. Lee 以為司令官要講話，不料他放下酒瓶吸了口氣，一陣雄渾寬廣的歌聲從司令官喉嚨裡發了出來。司令官的聲音充滿磁性又有一種穿透力，在場的所有人，瞬間被他歌聲帶來的氣勢所傾倒。

和著司令官歌聲，軍官們也放開喉嚨唱了起來，歌聲立刻變得激情澎湃起來。克羅埃西亞人都有一副好嗓子，每個人都是歌唱家。他們的歌聲激情、酣暢、有力，每個字都帶著真情從胸腔裡噴湧而出，如大海奔騰浪湧……

不知什麼時候，指揮官和另外一名年輕的士兵每人抱起了一把吉他，他們拿槍的指頭靈活地撥動著琴弦，人們都又沉浸在優美的旋律中。

兩個人邊彈邊唱，指揮官是極富魅力的男高音，年輕士兵的聲音充滿青春活力，兩個人合在一起的歌聲具有華彩的美感。阿格隆和安東尼·洛維克加入了歌唱，他們的聲音穩重而踏實，四個人用歌聲訴說著一個美好家園的故事。漸漸地歌聲凝重悲傷起來，充滿了愁思和憂鬱：美好家園經歷著風雨滄桑和挫折。

悲傷低迴的歌聲，彷彿連風都在嗚咽……

Dr. Lee 和專家們雖然不懂克羅埃西亞語，但當看到他們眼裡閃閃的淚光和歌聲中的悲傷，都被深深感染，隨著歌聲，他們的眼前出現了到克羅埃西亞以來所看到的破敗狼藉……

但很快，吉他改變了節奏，歌聲中出現了憤怒和抗爭。軍官們集體加入了歌唱。他們用歌聲組成了一個戰鬥團體，洪亮飽滿、充滿熱情與信心的歌聲中，一股力量在激勵著人們前進。這些身軀包裹在軍服裡的男人，用歌聲抒發著熱愛和平的渴望，表達著嚮往美好家園寧靜生活的情感，用歌聲喚醒著人們為爭取勝利而鬥爭。

歌聲在起伏的山巒間，在寬闊的海面上迴蕩，感心動耳！

和他們相比，專家們幾乎算得上是不通音律了，但是讓人意外的是，賽瑞爾·韋契特第一個唱起了一首名為《再見了，姑娘》（*Bella Ciao*）的歌曲。這是一首義大利游擊隊歌曲，後被引用為前南斯拉夫電影《橋》的插曲而流傳甚廣。歌曲委婉連綿、曲折優美又豪放而壯闊，表達了對家鄉的熱愛和侵略者戰鬥視死如歸的精神。賽瑞爾．韋契特的歌唱，把大家又帶回到二戰抗擊侵略者、保衛家鄉的情景中。

如果說賽瑞爾．韋契特的歌唱是受了軍官們的影響，但麥克．巴登絕對是因為酒精刺激了神經而「大顯身手」，他搖晃著大腦袋唱起了法國歌曲〈雅克弟兄〉（*Frère Jacques*）（《兩隻老虎》）。音調不準、忘詞，關鍵時刻 Dr. Lee 和賽瑞爾．韋契特「出聲相助」。他們每唱一段，專家小組的其他成員和克羅埃西亞的軍官們就高舉起酒杯，酣暢淋漓地喝乾作為回應。「三劍客」詼諧幽默的表演獲得了意外的驚喜效果。

最精彩的要數芭芭拉和崔西的臨時組合表演。只見崔西和指揮官、年輕的士兵交流了一下，他們會意地一點頭，崔西和芭芭拉的女聲二重唱，英國民謠〈綠袖子〉就在吉他的伴奏下，像一股清泉流進了每個人的心裡。她們的歌聲撫慰著每一顆心靈。

天漸漸暗了，但落日的餘暉彷彿被歌聲感動了，眷戀在遠遠的天邊久久不願意離去。

突然，餘暉變得血色一般，騰地一下照亮了整個西天，但僅僅幾秒鐘就又消失得乾乾淨淨。看著迴光返照一樣的天空色彩變化，Dr. Lee 的心裡猛然顫動了一下，有一種不祥的異樣感覺一閃而過。

山區的夜晚特別冷，見所有人都意猶未盡，司令官就請大家到帳篷裡。立刻，歡笑聲伴著歌聲從帳篷向遠處傳去。

第二天，一陣陣槍炮聲驚醒了「聯合國調查小組」的專家們，他們發現帳篷裡只剩下了小組成員。Dr. Lee 第一時間判斷出，槍炮聲正是來自他們挖掘「萬人塚」的方向。

原來，塞爾維亞武裝凌晨襲擊了「聯合國調查小組」工作的地方。以為只是小股部隊偷襲，指揮官帶領部隊對他們進行了迎頭痛擊，沒想到對方有備而來，戰鬥進行得非常激烈。不久，另一支部隊包圍了指揮官的隊伍。

當「聯合國調查小組」趕回工作地時戰鬥已經結束。

傷兵們立刻被送醫院搶救，陣亡的官兵一排排躺在地上。在陣亡的人員中，Dr. Lee 意外地看到了指揮官。

他靜靜地躺在擔架上，子彈穿透了頭上的鋼盔。昨天晚上和他一起彈吉他的年輕士兵，傻了一樣坐在擔架旁邊，手上拿著指揮官妻子和孩子的照片。

歡聲笑語彷彿還沒有散去，指揮官親吻照片的幸福樣子也還在眼前，所有人都無法將眼前躺著的人和昨晚的景象聯繫起來。在子彈面前，鮮活的生命瞬間隕滅。人類為什麼要互相殘殺？司令官心裡是滿滿的哀痛，他默默地取下指揮官的鋼盔交給 Dr. Lee，憂傷地說：「帶回去留著紀念吧。你是他最崇拜的人，他不能送你們了，讓鋼盔陪著你們回美國。」

Dr. Lee 曾經是警察，他知道對老百姓來說，軍人是他們的希望，是他們家園的守護神；對國家來說，軍人，是底氣，是疆土完整、語言純潔、民族文明的保障。軍人啊，無論是戰爭創造你，還是因為你才有了戰爭，一旦戰火燃起，你的職責就是時刻準備為國家獻身。

軍用直升機再一次搖晃著上升、起飛。

駕駛直升機的還是那位年輕的駕駛員，只是護送 Dr. Lee 他們的換成了特警隊的那位上尉。他表情嚴肅地坐在旁邊的位置上，目光專注地緊盯著地面。專家們都默默看著空空的副駕駛位置，一個星期前，指揮官就坐在那裡，現在只有他的鋼盔在Dr. Lee的行李中陪伴著他們。

機艙裡多了兩位特殊的乘客，牠們在子彈箱改的小房裡伸出兩隻毛茸茸的腦袋，是「波士尼亞」和「克羅埃西亞」。雖然這個名字目前還不能公開，但是在專家小組中，牠們已經被認可。直升機的搖晃使牠們有一些驚慌失措，但是看著芭芭拉和崔西，牠們很快的安定下來。

軍用直升機飛過「萬人塚」上空，克羅埃西亞的工作人員和聯合國後續派來的幾支調查隊伍正繼續在這裡工作著。

這裡，也是前幾天剛剛經歷過戰鬥的戰場。Dr. Lee注視著窗外，他的眼前彷彿出現了炮彈一顆接一顆在陣地上爆炸的情景；炮聲與氣浪像海嘯一樣震盪著，炮彈炸處，頃刻間火光升騰而起，硝煙尚未散去飛濺的泥土又刷刷地落下……他彷彿看到指揮官慢慢地倒下，也許那一刻他的眼前是妻子和孩子微笑的臉頰。Dr. Lee微微別過臉，目光正好和也從地面上收回目光的麥克．巴登和賽瑞爾．韋契特碰到了一起。三位鋼鐵般的男子漢都默默地為這片多災多難的土地、為指揮官這位雖然和他們相處短暫，但卻情義相投的朋友垂淚。

機艙裡還少一個人，是阿格隆。起飛前，阿格隆來送行，他和專家們一一擁抱道別，最後伸出長長的雙臂一邊擁抱著 Dr. Lee，一邊聲音充滿了歉意地說：「再見了老師，請你原諒我，我不陪你們回去了……」沒有人知道，他們在最後一個晚上有過一場討論。

當 Dr. Lee 代表「聯合國調查小組」把一份鑑識報告的副本裝在一個信封裡，交給安東尼．洛維克和阿格隆時，阿格隆哭了。他說：「老師，感謝你的幫助！感謝你的辛苦付出！我首先代表伊萬妮卡和她的父母謝謝老師，我相信她死而無憾了！」他也拿出一個信封，裡面是那張三個人在康州警政廳鑑識中心山坡上的照片，陽光明媚，笑容燦爛。

看到照片，Dr. Lee 眼圈也有些發紅，他對阿格隆說：「不要只感謝我一個人，這份報告是我們集體的鑑識結果。這張照片是千千萬萬個無辜被害生命對和平嚮往、對夢想追求的象徵，是對那些殺害無辜平民，製造種族清洗罪惡事件的控訴！我回去就給你們第一批實習生發邀請函，這一次還會是你帶隊嗎？」

Dr. Lee 試探著問阿格隆，他永遠都是那麼細心。

阿格隆沉默了片刻，但他很快還是下定了決心，抬起頭用堅定的目光看著 Dr. Lee 說：「老師，對不起！我決定留在這裡。你說過我們做鑑識科學的是為死者說話，為那些不能開口的冤屈者說話，但是我現在要為生者說話。一個人，祖國不強大是沒有任何國際地位的！我決定參加大選，如果有一天這裡的人民信任我，我會盡畢生的努力讓南斯拉夫重現巴爾幹猛虎的雄威！」

Dr. Lee看著阿格隆，他對學生的決定絲毫不感到意外。「你知道，我不熱心政治，我用自己的努力和成就提高了鑑識科學在法庭科學中的地位，告訴人們真相同時也就是在為真理說話。科學無國界，但科學家是有國籍的；知識無國界，但是掌握知識的科學家是有祖國的。我在任何場合、任何時候、任何情況下、對任何人都說，我的國籍雖然是美國，但我是中國人，我的祖國是中國。美國是個移民國家，他敞開懷抱歡迎每一位希望到美利堅生活的人，但是要想出人頭地，要想為自己的祖國爭光，得靠不懈地努力。」

「謝謝老師的教誨！雖然不能像老師您那樣傑出，但我會努力的。Dr. Lee已經屬於全世界，你的祖國為你驕傲。而我只能屬於克羅埃西亞，我想為我的人民，為我的伊萬妮卡做點事情。」

是啊，再強大的國家，一旦四分五裂，首先是生靈塗炭，同時，在當今世界各種科學技術一日千里地迅猛發展中，他們將要用很大的精力和時間進行療傷、恢復。同時Dr. Lee知道，在他們飛機起飛的同時，克羅埃西亞總統正在根據「聯合國調查小組」對「萬人塚」人員死亡原因的鑑識，起草著要求聯合國安理會對巴爾幹屠夫進行控訴的文件。

另一架直升機在夕陽下徐徐降落，聯合國的新團隊，包括黑斯柯法官、包斯尼亞法醫、摩斯．山佛博士等七人接替了Dr. Lee的教學及鑑識工作。在機場，兩隊人馬匆匆交接，Dr. Lee將一本工作紀要手冊交給里亞期法官，告訴他新的工作，告訴他整個小組需要注意的問題……

二〇一九年五月第一稿完成於美國紐哈芬

二〇一九年六月修改於美國新奧爾良、三藩市、匹茲堡

不是結局的結局——★

二〇一一年六月，米洛塞維奇被送交海牙戰犯法庭。十一月，聯合國戰犯法庭指控他，一九九二年至一九九五年間，在科索沃和克羅埃西亞犯有反人道主義、實施「種族滅絕」的罪行。米洛塞維奇成為歷史上第一個被送上國際戰犯法庭的前國家元首。

他的晚年充滿了危機和政治動亂：

米洛塞維奇在塞爾維亞叛亂者發動的三年內戰結束後，於一九九五年簽署了一份和平協定，為波士尼亞內戰畫上了一個句號。一九九七年，他成了南斯拉夫聯邦共和國（由塞爾維亞共和國和蒙特內哥羅組成）新一任總統。但是一九九七年和一九九八年間，科索沃的大多數阿爾巴尼亞人住的地區，種族暴力和動亂依然存在，「非暴力不合作運動」似乎已經偃旗息鼓，取而代之的是用游擊隊的方式來反抗塞爾維亞的統治。塞爾維亞人對阿爾巴尼亞人的鎮壓也越來越嚴厲。

一九九九年三月，塞爾維亞和阿爾巴尼亞的談判破裂以後，北約開始對南聯盟的軍事目標和基礎設施進行大規模空襲，成千上萬的阿爾巴尼亞人被南聯盟的軍隊用武力趕出了科索沃。六月，米洛塞維奇終於同意從科索沃撤軍，由北約維和部隊接管科索沃。一九九九年下半年，民眾舉行遊行示威，反對米洛塞維奇，迫使他辭職，但沒有成功。與此同時，蒙特內哥羅試圖在聯盟內謀取更多的自主權，並已開始展開行動。

二〇〇〇年夏，米洛塞維奇要求參加早期選舉，希望藉此彰顯其民主的一面。但是，他的計畫產生了適得其反的效果。最後，在野民主陣營的候選人沃伊斯拉夫．科斯圖尼察——一位憲法律師——贏得了選舉。一開始，米洛塞維奇拒絕承認選舉的結果，直到數十萬塞爾維亞人湧向街頭，舉行大規模「反米洛塞維奇」集會，要求他下臺，他才被迫辭職，結束了其長達十三年的統治。

二〇〇一年四月，這位已經失勢的國家領導人受到了更大的羞辱——在一場二十六小時的短暫對峙後，警方在其位於貝爾格勒的家中將其逮捕，罪名是在執政期間貪污受賄並偷盜國家財產。在南斯拉夫政府官員向他保證會給他一個公正的審判，並不會馬上將其移交位於海牙的聯合國戰犯法庭後，米洛塞維奇宣布認罪。

以下五步是塞爾維亞人採取的「種族清洗」的全過程：

集中：包圍目的地區域，對當地居民施以警告，命令他們離開或至少在自己的房屋外掛上白旗以示投降。如有不從，便會持槍威脅，甚至殺一儆百。然後，再將這些民眾趕到大街上集合。

斬首：對當地的政治首領和其他可能會對侵略者的統治造成威脅的人處以死刑。例如律師、法官、政府工作人員、作家、教授等。

隔離：將婦女兒童和老人與十六歲至六十歲的男壯丁分離開來。

轉移：將婦女兒童和老人運至該地邊界，將他們驅逐至鄰近的區域或國家。

清洗：對十六歲至六十歲的男性進行屠殺，並銷毀其屍體。

毋庸置疑，在施行種族清洗地區，恐怖主義是其唯一的方式。

在「聯合國調查小組」調查結束大約十年之後，《國際先驅論壇報》（*International Herald Tribune*）報導了一支名為「國際失蹤人口委員會」的團隊在波士尼亞農村一個叫堪卡里（位於塞拉耶佛東北部大約六十英里）的地方，發現了一個「萬人坑」，他們在那裡公布了這個消息。這個團隊的總部設在波士尼亞。他們利用衛星影像技術、地質學和法醫考古學的知識發現了十六個萬人坑，這只是其中的一個。

這些工作，包括「國際調查小組」在波士尼亞和克羅埃西亞所做的努力，給人們提供了一個新的視角，充分瞭解那數以萬計的平民是如何在戰爭中喪生的。

對米洛塞維奇的審判，被稱為繼紐倫堡審判之後最重要的一場戰犯審判。他對非塞爾維亞人的殘酷剝削長達數十年之久，有二十萬民眾、超過三百萬難民死於波士尼亞。起訴書中這麼寫道：「在對科索沃阿爾巴尼亞民眾的恐怖暴力行動中，米洛塞維奇集計畫、煽動、命令、執行等各種角色於一身。」而這些只是這位「巴爾幹屠夫」一生所犯罪行的一部分。二〇〇二年，審判正式開始，米洛塞維奇在庭審中為自己進行辯護。二〇〇六年三月，米洛塞維奇因心臟病死於海牙羈留中心。

米洛塞維奇的死亡使得這場延續了四年的審判被迫終止，使得這個暴君逃脫了法律的制裁，也使得那些在波士尼亞戰爭中因他而亡的二十多萬民眾永遠都不能瞑目！

雖然米洛塞維奇在宣判之前就暴病身亡，但他卻留下了許多問題。除了那些罄竹難書的罪行之外，米洛塞維奇還有一些東西值得我們去關注。審判第一天檢察長卡拉・德爾・龐特說：

「除了民族主義者的名頭和種族清洗的惡行，除了那些花言巧語和陳詞濫調，對權力的追尋是斯洛波丹．米洛塞維奇真正的興奮劑。」

後記

完成了「李昌鈺探案小說」系列之《克羅埃西亞槍聲》的創作，心裡依然還是沉甸甸的。在創作過程中，先生除了給我講去克羅埃西亞鑑識「萬人塚」的經過，還給我看了大量歷史文獻和當年的現場照片，我也透過其他途徑瞭解一些整個事件的歷史背景。那一段日子，先生講述的聲音和那一張張慘不忍睹的照片一直在我耳邊縈繞、在我腦海翻騰，使我夜不能寐。

對於克羅埃西亞共和國，有部分讀者可能還不太熟悉，但提起《橋》、《瓦爾特保衛塞拉耶佛》等電影，相信大多數人都立刻會想起「南斯拉夫」這個國家。我們正是透過這些作品瞭解並牢牢記住了，在第二次世界大戰中英勇抗擊德國侵略者的巴爾幹地區的各族人民。克羅埃西亞共和國是前南斯拉夫共和國的一部分，是其中的七分之一。正如我在書中寫到的那樣：一九八〇年鐵托總統去世，不到十年的時間昔日強大的南斯拉夫支離破碎，一九九一至一九九二年間南聯盟解體分裂，波士尼亞戰爭又使分裂的巴爾幹猛虎自相殘殺。據不完全統計，波士尼亞戰爭中穆斯林及平民百姓死亡人數達幾十萬。他們慘遭殘殺的原因僅僅是因為種族和信仰不同而已。

而更加令人唏噓不已的是，在《橋》、《瓦爾特保衛塞拉耶佛》等電影中飾演游擊隊隊長（老虎）的日沃伊諾維奇（塞爾維亞族）和他的老友（在電影《橋》中飾演爆破專家札瓦多尼的伯里斯·德沃爾尼克（克羅埃西亞族）因宗教信仰和政見不同，發表了一系列公開絕交信。這兩部電影的穆斯林導演在波士尼亞戰爭中，因為不願意撤離塞拉耶佛，最後貧病交加，死在塞拉耶佛家中。國家分裂，生靈塗炭，昔日的好友分道揚鑣，無堅不摧的小分隊這樣的結局令人心情沉重……

「保衛和平，伸張正義」是我們創作「李昌鈺探案小說」系列的宗旨，而以《克羅埃西亞槍聲》作為首篇，是我和先生共同的決定。

二〇一九年六月寫於新奧爾良

TCN0014

克羅埃西亞槍聲

作　者—蔣霞萍
總顧問暨策畫—李昌鈺
照片提供—李昌鈺
編　輯—劉綺文
行銷企劃—江季勳
美術編輯—李宜芝
封面設計—陳文德

董事長—趙政岷
出版者—時報文化出版企業股份有限公司
一〇八〇三台北市和平西路三段二四〇號七樓
發行專線—（〇二）二三〇六六八四二
讀者服務專線—〇八〇〇二三一七〇五・（〇二）二三〇四七一〇三
讀者服務傳真—（〇二）二三〇四六八五八
郵撥—一九三四四七二四時報文化出版公司
信箱—10899臺北華江橋郵局第99信箱
時報悅讀網—http://www.readingtimes.com.tw
法律顧問—理律法律事務所　陳長文律師、李念祖律師
印刷—盈昌印刷有限公司
初版一刷—二〇一九年十一月二十二日
初版三刷—二〇一九年十二月五日
定價—新台幣二八〇元
（缺頁或破損的書，請寄回更換）

時報文化出版公司成立於一九七五年，
並於一九九九年股票上櫃公開發行，於二〇〇八年脫離中時集團非屬旺中，
以「尊重智慧與創意的文化事業」爲信念。

克羅埃西亞槍聲 / 蔣霞萍作 . -- 初版 . -- 臺北
市 : 時報文化 , 2019.11
面 ;　公分 .
ISBN 978-957-13-8027-8(平裝)

857.7　　108019073

ISBN 978-957-13-8027-8
Printed in Taiwan